伊万·杰尼索维奇的一天

ОДИН
ДЕНЬ
ИВАНА
ДЕНИСОВИЧА

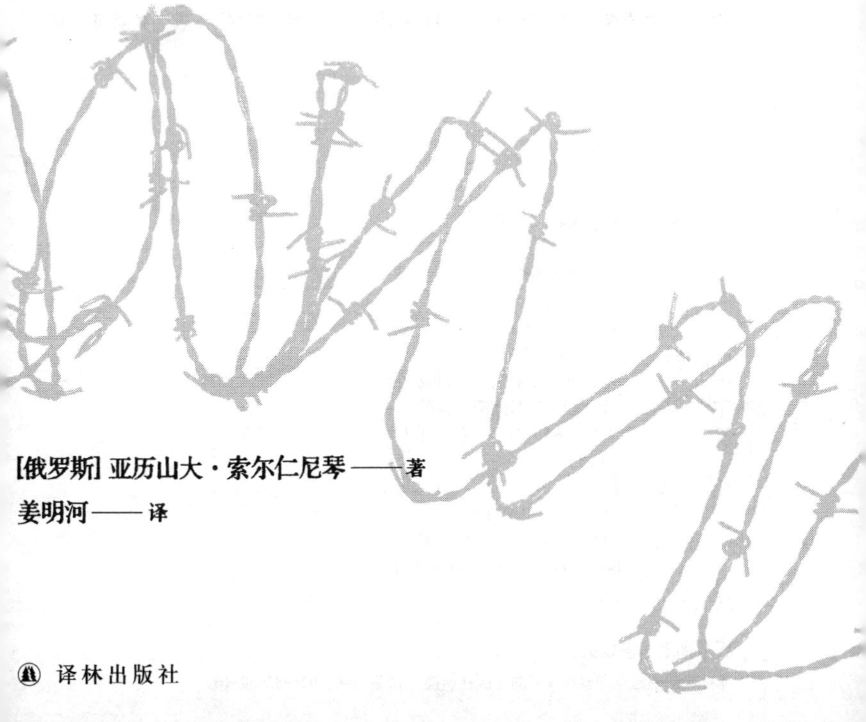

[俄罗斯] 亚历山大·索尔仁尼琴——著
姜明河——译

译林出版社

图书在版编目（CIP）数据

伊万·杰尼索维奇的一天 /（俄罗斯）亚历山大·索尔仁尼琴著 ；姜明河译. -- 南京 ：译林出版社，2025. 3. -- ISBN 978-7-5753-0493-1

Ⅰ. I512.45

中国国家版本馆 CIP 数据核字第 20249CC798 号

著作权合同登记号　图字：10-2023-239 号

伊万·杰尼索维奇的一天　[俄罗斯] 亚历山大·索尔仁尼琴 / 著　姜明河 / 译

责任编辑　李玲慧
装帧设计　吴　悠
校　　对　戴小娥
责任印制　闻媛媛

原文出版　«Время», 2007
出版发行　译林出版社
地　　址　南京市湖南路 1 号 A 楼
邮　　箱　yilin@yilin.com
网　　址　www.yilin.com
市场热线　025-86633278
排　　版　南京展望文化发展有限公司
印　　刷　南京爱德印刷有限公司
开　　本　787 毫米 × 1092 毫米　1/32
印　　张　7.125
插　　页　4
版　　次　2025 年 3 月第 1 版
印　　次　2025 年 3 月第 1 次印刷
书　　号　ISBN 978-7-5753-0493-1
定　　价　59.00 元

主要人物表

伊万·杰尼索维奇·舒霍夫

本作主人公(昵称为万尼亚,伊万·杰尼瑟奇为口语中的连读)

安德烈·普罗科菲耶维奇·丘林

104小队队长(安德烈·普罗科菲伊奇为口语中的连读)

帕夫洛

104小队副队长,乌克兰人

戈普奇克

大约16岁的小伙子,爱沙尼亚人

采扎尔·马尔科维奇

常收到邮包的人

阿廖什卡(阿廖沙)

浸礼派教徒

布伊诺夫斯基

海军中校

扬·基利季格斯

拉脱维亚人(舒霍夫也管他叫万尼亚)

谢尼卡·克列夫申

耳朵有点聋的老实人

费丘科夫

贪婪的“胡狼”

沃尔科沃伊

生活管理长

像平时一样，早晨5点钟便响起了起床的号令——铁锤敲打着挂在劳改营指挥部旁边的一截钢轨。若断若续的响声好不容易地传进了结有两指厚冰层的窗玻璃，而且很快就沉寂了，因为天气很冷，看守不愿久久地挥臂敲击。

当当的响声停息了，可窗外的一切还跟夜里一样。舒霍夫爬起来上便所的时候，四周依然一片漆黑，只见窗外有三盏昏黄的灯：两盏在警戒地带，一盏在劳改营内。

似乎还没有人来打开营房门上的挂锁，也听不见值日员往门外抬便桶的声音。

舒霍夫从未睡过头，总是按起床的钟声起床。出工之前大约有一个半钟头是属于自己的，而不是属于公家的时间。熟悉劳改营生活的人，总能利用这段时间捞点好处：用旧衣服里子给人缝个手套；把烘干的毡靴送到富裕队员的铺跟前，免得他赤着脚围着一堆毡靴来回转；要不就沿着一间间储藏室跑过去，看给什么人效点劳，打扫打扫或者提提东西；要不就到食堂去把桌子上的饭盆儿收拾起来，一摞一摞地送到洗碗机里去，这样也能得到点吃的东西，不过愿意到那里去猎食的人多的是，多极了，最主要的是，要是看到饭盆儿里还剩了点什么，就会控制不住而端起来舔。不过舒霍夫牢牢地记住了他的第一个队长库焦明的话。那是劳改营里的一个饱经世故的老犯人，到1943年为止，他在劳改营里已经蹲了12年了。有一次，他在光秃秃的林间小径的篝火旁，对新近从前线补充到他队里来的犯人说：

“伙伴们，这里的法律像原始森林一样威严。不过，这里的人们也能够活下去。在劳改营里，只有这样的人小命不长：舔别人饭盆儿的，指望进医务所的，再就是到看守那里去告密的。”

关于告密者，毫无疑问，他说错了。那些人总会把自己保护起来，只不过他们是靠别人的血来保护自己的。

舒霍夫一向按时起床，可今天他却没有起来。从昨天晚上开始他就觉得浑身不舒服，不知是发冷还是骨头散了架，躺了一夜也没暖和过来。他在梦中仿佛觉得自己时而完全病倒了，时而有点儿好转。他全然不希望清晨到来。

然而清晨还是照例到来了。

在这里哪能暖和过来呢：窗上绷着厚厚的冰层，整个营房的墙壁与顶棚的接缝处都结满了白色的蛛网——那是霜花。

舒霍夫没有起床。他躺在双层铺的顶层上，盖着一条被子和一件呢上衣，连头一起蒙上了，两只脚伸进了棉袄的一只卷起的袖筒里。他并没有看见，但是根据声音就知道营房里以及他们小队的这个角落里所发生的一切。通道上响起沉重的脚步声，这是值日员在抬一个8维德罗[1]的便桶。一般认为这是轻活，由残废人去干，可你去抬抬看，还不许溅出来！有人把一捆毡靴咚的一声扔到了地板上，这是75小队从烘干

1　维德罗：液量名，相当于12.3升。

室取来的。接着就响起了舒霍夫小队扔毡靴的声音（今天也轮到他们小队烘毡靴）。队长和副队长不声不响地在穿靴子，他们的铺板轧轧作响。队副此刻正准备去面包房，队长则要去营指挥部，去派工员那里。

今天去派工员那里，并不像往常那样只是为了领任务。舒霍夫想起来了：今天命运攸关——派工员们想把他们104小队从修配厂工地赶到一个叫作“社会主义小城”的新的工区去。而那个“社会主义小城”是一片荒野，位于积雪覆盖的坑洼谷地，动工之前首先要挖坑、埋柱子、拉上铁蒺藜，为的是让犯人们把自己圈起来，防止逃跑。在这之后才开始建设。

说真的，在那里会有一个月没地方取暖，连个狗窝也没有。而且，篝火也点不起来——用什么点火呢？只能卖力干活才有一条出路。

队长忧心忡忡地前去设法解决这一问题了。他想让别的、还没有反应过来的小队顶替自己的小队去那里干活。不消说，空着手去是谈不成的，要给派工长带去500克荤油。说不定带去的是1 000克呢。

要不要到医务所去碰碰运气？哪怕解除一天的劳动也好。去试一试该少不了什么吧？唉，浑身骨头就像要散架似的。

舒霍夫还想：今天是哪一个看守值班呢？

想起来了，值班的是“一个半伊万”[1]，是那个黑眼睛的又瘦又高的中士。初看上去，他简直使人害怕，可是了解了之后，就会知道他是所有值班看守中最宽容的了：他既不会关人禁闭，也不会把人拉去见管理员。这就是说还可以再躺一会儿，因为此刻该是9号营房的人去食堂。

板铺颤动、摇晃了起来。有两个人同时起床了：一个是睡在上铺舒霍夫旁边的浸礼派教徒阿廖什卡，另一个是睡在下铺、曾当过海军中校的布伊诺夫斯基。

值日的两个老头儿先后把两个便桶抬了出去，随后为该由谁去打开水一事争吵了起来。他们像娘儿们似的吵个没完没了。第20小队的电焊工大吼一声：

“嘿，你们这两根引火线！”说着就朝他们扔去了一只毡靴。“我来给你们讲和！”

靴子咚的一声撞到了柱子上。两个老头儿住

1　伊万一般指俄罗斯彪形大汉。此处指此人比伊万还高。

口了。

副队长在邻近的队里含糊不清地嘟囔着：

“瓦西里·费奥多雷奇！食品发放站有人捣鬼，这些坏蛋，本来应该给4个900克的面包，可只给了3个。该不给谁呢？”

他说这话时声音很轻，但那个小队显然都听见了，并且都在屏息静听，想知道晚上谁的面包要被克扣。

舒霍夫一直躺在自己那压实了的锯末褥子上。随便哪一种结局他都愿意：要么得一场寒热病，要么浑身酸痛消失。可现在这样算什么呢。

就在浸礼派教徒口中念念有词地祈祷的时候，布伊诺夫斯基从外面回来了，他并不是针对某个人，但却好像有点幸灾乐祸似的说：

“喂，红海军战士们，坚持住啊！准有零下30摄氏度！”

于是舒霍夫下定了决心：去一趟医务所。

就在这个时候，一只强劲有力的手猛然把棉袄和被子从他身上拉了开来。舒霍夫掀开蒙在脸上的呢上衣，微微欠起了身子。瘦瘦的塔塔林站在他的下面，头顶与上铺的铺板齐平。

这就是说，今天临时换他值班了，而且是偷偷进来的。

“Щ-854！”塔塔林念了舒霍夫那黑色呢上衣背部白补丁上的号码，“3天劳动禁闭！”

营房里半明半暗，不是每一盏灯都亮着，有200人睡在50张满是臭虫的双层铺[1]上。一听到他那压低了的独特声音，所有尚未起床的人都马上翻身坐起，手忙脚乱地穿衣服。

“因为什么，长官？”舒霍夫极力用一种可怜巴巴的声音问道。

放出去干活——这还算是半禁闭呢，会给热饭吃，也没工夫想心事。不放出去干活——这才是不折不扣的禁闭。

“你不是没按时起床吗？走吧，到管理处去一趟。”塔塔林懒洋洋地做了解释，因为他和舒霍夫以及所有的人都明白由于什么而关禁闭。

塔塔林那萎靡不振的光光的脸上毫无表情。他转过身去，寻找第二个对象，可是下铺和上铺所有的

1 一张双层铺有上下四个铺位。

人（有的在暗处，有的在灯下）都已经把腿伸进左膝上缝有号码的黑棉裤里，而穿上了衣服的人则掩着衣襟急忙往外走，企图在院子里等塔塔林离开后再回来。

舒霍夫要是由于别的该受处罚的事而关禁闭，便不会那么难过。他之所以难过，是因为他一向属于起得最早的。但是他知道，向塔塔林求饶是没有用的。舒霍夫只不过是为了合乎习惯而继续求饶，他夜里就没脱棉裤（裤子的左膝上方也缝有一块已被磨破和弄脏的布头，上面用黑颜色涂着Щ-854，号码已经褪了颜色），此时已穿上了棉袄（上面有两个同样的号码：一个在胸前，一个在背后），他从地板上的一堆毡靴中找到了自己的那双，戴上了帽子（正面也有同样的布头和号码），便跟在塔塔林后面出去了。

104小队的人都看见舒霍夫怎样被带走了，但谁也没说话，因为说也不顶用，况且又能说什么呢？队长也许能为他说点好话，可他不在场。舒霍夫也没对任何人说什么，他不再纠缠塔塔林了。同伴们能猜到他去哪儿，会给他留早饭的。

就这样，两个人一起出去了。

严寒伴随着让人透不过气来的烟雾。在远处两个角落里的岗楼上，两个大探照灯的灯光十字交叉地射到警戒区内。警戒区里的和劳改营里的灯也亮着。灯如此之多，简直把天上的星星都淹没了。

犯人们都穿着毡靴匆匆跑去干自己的事情，雪被踩得轧轧作响。有的上厕所，有的去储藏室，有的去取邮包，有的往小伙房送米。他们全都缩着脖颈，掩紧衣襟，然而使他们感到周身寒冷的原因与其说是严寒本身，不如说是他们想到了要在这种严寒里待一整天。

而塔塔林却迈着方步，似乎一点也不觉得冷，他身穿自己的那件旧军大衣，蓝色的领章已经沾上了油污。

他们经过禁闭室（劳改营内的石头监狱）那高高的木板围墙；经过那防范犯人潜入劳改营面包房的铁蒺藜；经过劳改营指挥部的墙角，那里的一根柱子上由粗铁丝吊着一截挂满霜花的钢轨；又经过另一根柱子，上面挂着一个完全被霜蒙住了的温度计，为了使水银柱不至于降得太低，温度计挂在背风的一面。舒霍夫怀着希望向温度计的乳白色小管瞟了一眼：要是显示为零下41摄氏度，那就不该赶他们出去干活。可是今天说什么也没降到零下40摄氏度。

他们走进指挥部，并且直接来到看守们的房间。正如舒霍夫在路上已领悟到的那样，到了这里一切便明白了：根本不是要关他禁闭，只不过是看守室的地板没人擦洗。这时塔塔林声称要饶恕舒霍夫，接着便吩咐他把地板擦洗干净。

擦洗看守室的地板，这本是那个不被带往警戒区外面去干活的特殊犯人——指挥部值日员分内的工作。但是，由于他在指挥部待了很久，有可能进出少校、管理员、保卫科长的办公室，为他们效劳，有时还能听到看守们所不知道的一些事情，久而久之他也就觉得，为普通看守们擦洗地板似乎有点儿屈尊。看守们使唤了他一两次之后，也就明白了是怎么回事，于是便开始从苦役犯中揪人来擦洗地板了。

看守室里炉火正旺。脱去了外衣、露出肮脏军便服的两个看守在下跳棋，第三个看守穿着束紧腰带的皮袄和毡靴，睡在一条狭窄的长椅上。屋角立着一只放有抹布的水桶。

舒霍夫十分高兴，感激塔塔林对他的饶恕：

“谢谢，长官！从今以后我再也不多躺了。”

这里的规矩很简单：干完活就可以走了。此刻，当舒霍夫被吩咐干活的时候，他仿佛觉得浑身已不酸痛。他提起水桶，没戴手套（匆忙中他把手套忘在枕头底下了）就往井边走去了。

去生产计划科的队长们，有几个聚集在柱子旁边，其中年轻一点的，曾经是“苏联英雄”的那个人，爬到柱子上去擦温度计。

下面的人劝他说：

“你可要朝旁边呼吸，不然度数会升高的。”

“嗐！升高个屁！……影响不了的。”

舒霍夫那个队的队长丘林不在他们中间。舒霍夫放下水桶，把手抄进了袖口，好奇地观望着。

爬到柱子上的那个队长声音嘶哑地说：

“27度半，鸟玩意儿。”

为准确起见，他又看了一眼，便跳了下来。

“这玩意儿不准，老是扯谎。”有一个人说，“难道在警戒区里会挂准确的温度计吗？”

队长们各自走开了。舒霍夫跑向井边，他的两只耳朵尽管掩在帽耳底下，但因为帽耳没有系住，所以还是被严寒冻得麻木。

井栏冻了很厚一层冰，水桶刚刚能钻进井口里去。井绳像根棍子似的撅着。

舒霍夫的两只手失去了知觉，他提着冒气的水桶返回看守室，立即把手插进了井水里，渐渐变暖了。

塔塔林不在屋里了，挤在一起的看守有4个，他们不下跳棋也不睡觉了，而是在争论1月份他们能得到多少黍米（镇上的粮食供应十分紧张，看守们的粮票尽管早已用光了，但与居民相比，他们还是能够单独买到一些价钱上打了折扣的粮食）。

“把门掩上，你这混蛋！冷风吹进来啦！”他们之中的一个转过头来说。

要是一清早就把毡靴弄湿，那就会束手无策。哪怕跑回营房去，也不会有什么鞋可换。蹲了8年监狱的舒霍夫，看到过各种各样的分配鞋子的制度：有时候根本没有毡靴而得硬熬过一冬，有时候连那种半高靿皮鞋也看不到，只给树皮鞋和“车里雅宾斯克拖拉机厂”（一种汽车轮胎底的胶鞋）。如今穿鞋的问题似乎可以勉强解决了：10月份舒霍夫弄到了（而他之所以能弄到，是因为缠着小队副，跟他一起去了一趟储藏室）一双结实的半高靿大头皮鞋，里面很宽松，即使包双重厚厚的包脚布也能穿得进去。舒霍夫像做客似的穿了差不多一个礼拜，较新的鞋后跟不时发出笃笃的响声。而到了12月，又及时发下来毡靴，这样就可以自由自在地活着，不必死了。就在那时候，有个魔鬼在会计科长耳边嘀咕了一些话，说什么人人都可以领到毡靴，不过得把半高勒皮鞋交回；说什么犯人同时有两双鞋不合乎规定。于是舒霍夫就不得不做出选择：要么穿半高勒皮鞋过冬，要么穿毡靴，哪怕解冻暖和了也得穿，把半高勒皮鞋交出去。他可是真爱惜这双半高勒皮鞋啊，经常用润滑油把鞋帮擦软，唉，它们还挺新的！8年来，什么东西也没像这双半高勒皮鞋那么叫他心疼。扔到鞋堆里去，来年春天也就不属于你了。这跟把马赶进集体农庄是完全一样的。

现在舒霍夫知道该怎么办了：他灵巧地脱下毡靴，把它们摆放在屋角，把包脚布也扔在那儿(一只小勺当啷一声掉到地板上；不管他多么匆忙准备去蹲禁闭，也没有忘记带上小勺)，便赤着脚用抹布往地板上慷慨浇水，水即刻向看守们的毡靴底下涌去。

“你！混蛋！轻点！”一个看守忽然醒悟过来，马上抬起两脚放到椅子上。

“大米？大米是按另外一种定额分配的，你不能拿大米去相比！”

“而且你浇了多少水，傻瓜？有谁是这样擦地板的？”

“长官！不这样地板是擦不干净的。脏东西都渗进去了……”

“你这蠢猪，看到过你老婆是怎么擦地板的吗？”

舒霍夫直起腰来，手中拿着一块直淌水的抹布。他憨厚地微微一笑，嘴里露出了几颗豁牙，这是1943年他在乌斯季-伊日玛得坏血病时脱落的。那时他还得了痢疾，腹泻不止，虚弱的胃任何食物也不愿接受。如今只有发音不清的毛病是那个时候遗留下来的。

“长官，1941年的时候就让我离开了老婆，我记不起她是个什么样的婆娘啦。”

“难道他们就是这样擦地板的……这些坏蛋什么也不会干，什么也不想干。不值得给他们粮食吃。就该让他们吃臭狗屎。”

“再说天天擦洗这地板有什么屁用？潮湿得要命。你听着，854号！你轻轻地擦一遍，稍微湿湿就行了，完事儿你就滚开吧。”

“大米！你不能拿大米去跟黍米比！”

舒霍夫利落地干了起来。

干活——这就像一根棍子，它有两端：为普通人干活，讲究质量；为上司干活，则求表面上漂亮。

要不是这样，大家早就累死了。这道理人人懂得。

舒霍夫擦了一遍地板，去掉了斑斑的污点，把没有拧干的抹布扔到了炉子后面，又在门槛旁边穿上了自己的毡靴，把水泼到长官们路过的便道上，接着就急急忙忙经过澡堂，经过晦暗而冷清的俱乐部大楼，斜着方向朝食堂走去。

还得抓紧时间去趟医务所，浑身又酸痛了起来。在食堂门口可不能碰上看守，劳改营当局的命令极其严厉：落在后面的单个犯人要被抓去关禁闭。

今天食堂门口的现象很是反常，人群一点也不拥挤，也没有排队，随到随进。

食堂里雾气迷漫，跟澡堂里一样，那是从门外放进来的寒气和稀菜汤冒出的蒸汽。有的小队围着桌子坐着，有的小队在通道上挤来挤去等空位子。每个小队都有两三个队员用木制托盘端送盛有菜汤和稀粥的饭盆在找座位，他们一面叫喊着让路，一面从拥挤的人群中间穿过。可是没有人理会，他们于是就骂了起来，还用托盘推推搡搡，菜汤稀粥直往外溅！有时他们腾出一只手来直打那些人的脖子。该打！别挡在路上碍事，别东张西望找人家的饭盆去舔。

那边，坐在桌旁的一个小伙子，还没把勺子浸进汤里，就在自己身上画十字。这就是说，他是个西乌克兰人，而且是新来的，因为在劳改营里待得久了的西乌克兰人也就不画十字了。

而俄罗斯人就连该用哪只手在胸前画十字也不记得了。

坐在食堂里是很冷的，大多数人戴着帽子吃饭，但并不着忙，他们从黑菜叶下面捞那煮透了的小烂鱼，把鱼刺吐到桌子上。轮到下一个小队坐下来的时候，看到桌子上堆成一堆的鱼刺，便会有人将它们拂到地上，于是就被踩得到处都是。

如果直接把鱼刺吐到地板上的话，似乎会被认为是不讲卫生。

在这棚子似的食堂里，延伸着两排既不像圆柱又不像支柱的东西，在这样的一根柱子旁边坐着舒霍夫同队的队员费丘科夫，他正在为舒霍夫看守着早饭。此人是等级最低的队员之一，还不如舒霍夫。从表面上看，全小队穿的是同一种黑色呢上衣，身上也都编有号码，可是实际上大不相同，分许多等级。不会叫布伊诺夫斯基为别人看守饭盆，而舒霍夫也不是什么活都非干不可，还有等级更低的。

费丘科夫看见舒霍夫便舒了口气，把位子让了出来。

“全都凉了。我本想把你的一份也吃掉，以为你去蹲禁闭了。”

于是他不再等了，因为他心里明白，舒霍夫不会给他剩点什么，两个饭盆都会刮得干干净净的。

舒霍夫从靴筒里掏出了勺子。那小勺对他来说是很珍贵的，它跟他一起走遍了整个北方。这是舒霍夫亲手把铝丝熔化之后在砂坯模子里浇铸出来的，上面还刻着字：乌斯季-伊日玛，1944。

之后，舒霍夫从剃过的头上摘下了帽子（无论天气多冷，他都不许自己戴着帽子吃饭），接着就一面搅动已经沉淀了的稀菜汤，一面迅速察看饭盆里都有什么。情况属于中等。既不是最初从大桶里盛出来的，也不是剩的桶底儿。费丘科夫在看守饭盆的时候，说不定从中捞了块土豆，这种事他干得出来。

如果菜汤热气腾腾，倒也令人高兴，可眼下舒霍夫所得到的菜汤却冷冰冰的。不过他还是慢吞吞地、全神贯注地吃了起来。这种时刻即使房顶着火也不必着急。如果不算做梦的话，劳改营里的犯人只有吃早饭的10分钟、吃午饭的5分钟和吃晚饭的5分钟里，才是为自己而活着的。

菜汤一天天的老不换样，这取决于给冬天准备的是什么蔬菜。去年准备的只有咸胡萝卜，那么从9月直到第二年6月，天天都是这种胡萝卜汤。而现在则是黑卷心菜。对劳改营里的犯人来说，吃得最饱的时候是6月，因为那时无论什么蔬菜都接不上了，只得用粮食来代替。7月份最糟：剁荨麻放在大锅里熬。

小鱼身上剩下的尽是骨头和刺了，鱼肉和骨头一起煮，煮得散了架，只有鱼头和鱼尾上还挂着一点肉。舒霍夫没有放过附着在松散的网状鱼骨架上的鱼鳞和一点点鱼肉，还把骨架咬开，又吸又吮，然后才吐到桌上。不论是鱼鳃还是鱼尾，任何一条鱼身上的东西他都要全部吃掉，连鱼眼睛他也吃，只要它们还附在鱼头上，而当鱼头煮烂了时漂在饭盆里的泡涨了的鱼眼睛他是不吃的。为此他受到人们的嘲笑。

舒霍夫今早吃得很节省，他未回营房去取定量配给的一份面包，所以此刻没有就着面包吃。面包可以过后单吃，那还会饱一点。

另一饭盆里是小米粥。粥已凝固成一整块，舒霍夫把它分成一块一块地吃。这粥别说是已经冰冷，即使是热气腾腾，吃起来也是既没有味道又不管饱，简直跟青草一样，不过颜色是黄的，看上去像黍米。他们动了脑筋，用它来代替大米，据说这种作物是从中国人那里传过来的。这种熬好了的玩意儿约莫给你300克了事，粥不像粥，可它代替了粥。

舒霍夫把勺子舔干净了，还放在毡靴里的老地方，接着就戴上帽子到医务所去了。

天空还是那么晦暗，劳改营的灯光驱走了天上的星星。两座探照灯的宽阔光束依然把警戒区照得通明。这座“特殊”劳改营刚刚建立的时候，警卫队还拥有大量的战地照明弹，一旦灯光消失，警戒区的上空便会升起白色、绿色、红色的照明弹，跟在战场上一样。后来也就不放照明弹了。莫不是由于价格昂贵？

天色还跟起床的时候一样黑，不过有经验的眼睛能够根据种种微小的迹象毫不费力地断定，上工的钟声很快就要敲响了。瘸子的助手（瘸子是食堂值班员，他专门为自己配备了一个助手）到第6号残疾人营房，去叫那些不能到警戒区外面干活的残疾人吃早饭。一位有胡须的老画家正蹒跚着向文化教育科走去，去取颜料和画笔写号码。塔塔林又出现了，他迈着大步，急匆匆地穿过“直路”[1]朝劳改营指挥部方向走去。总的来说，外面人很少，这就是说，大家都在利用这最后几分钟的甜美时刻，随便找了个地方在取暖。

舒霍夫机灵地避开了塔塔林，躲到营房的角落里，要是第二次碰上他，就又会被抓去。是的，任何时候都不能疏忽大意。要千方百计使任何一个看守都看不到你是独自一人待在某处，而只是看到你跟大伙在一起。也许他正要找人替他们干活，也许他正找不到人出气。犯人们可都读过那张贴在营房墙壁上

1 指把营区划分为方形地段的直路。

的命令：距看守5步之外要脱帽，走过2步之后方可戴上。有的看守拖着步子，像瞎子似的，根本不在乎你是否脱帽，可对另一些看守来说，这却是开心的事。就为那帽子的事，狗娘养的，曾有多少人被拖去关了禁闭。不能大意，只好在角落里避一避，等他走过去。

塔塔林走过去了，舒霍夫也已下决心去医务所一趟，可半路上他突然想到，7号营房的高个儿拉脱维亚人曾跟他约好了时间，让他在今天早晨上工之前去他那儿买两杯[1]家制烟叶，而舒霍夫由于忙乱竟然忘了这码事。高个儿拉脱维亚人是昨天晚上收到邮包的，说不定明天这种家制烟叶就没有了，那就得等他一个月以后收到新的邮包才能买。他的家制烟叶质量好，抽起来很有劲，而且味道香，颜色可算是淡褐色的。

舒霍夫十分懊丧，他为要不要拐到7号营房去而踌躇了起来。但是离医务所只有几步路了，于是他就胆怯地向医务所门前的台阶走去。

听得见脚下的雪轧轧作响。

医务所里跟往常一样，走廊里是如此清洁，简直

1 犯人之间私下买卖烟草，以杯子作量具。

使人不敢在地板上走。墙壁都涂上了白瓷漆。家具也都是白的。

不过所有办公室的门还都是关着的。想必医生们还没有起床。值班室里倒是有一位医士——一个名叫柯里亚·弗多乌什金的年轻小伙子，身穿洁白的长衫坐在一张干净的小桌子后面，并且正在写着什么。

再没有别人了。

舒霍夫摘下了帽子，像站在首长面前那样，而且出于在劳改营里所养成的习惯，偷偷地向不该看的地方瞟了几眼，他不会不注意到：尼古拉[1]一行行写得十分整齐，每行都离开纸边一段距离，而且每行开头的一个字母都是大写的。当然，舒霍夫立刻就明白了，这并不是工作，而是私事，不过这跟他毫不相干。

“是这么回事……尼古拉·谢苗内奇……我好像是……生病了……”舒霍夫说，似乎由于发现了别人的什么秘密而有点不好意思。

弗多乌什金停住了笔，抬起他那一对平静的大眼

1 即“柯里亚”一名的正式称呼。

睛。他戴的是白色包发帽，穿的是白长衫，帽子和衣服上的号码都看不清了。

“你为什么拖到现在才来？为什么不昨天晚上来？你知不知道早上是不看病的？准假人的名单已经送到生产计划科去了。”

这一切舒霍夫是知道的。他知道，即使是晚上来也并不那么容易获准病假。

“要知道，柯里亚……昨天晚上该痛的时候它又不那么痛……”

“这它是指什么？什么地方痛？”

“仔细分析一下，似乎哪儿也不痛。可就是浑身不得劲。”

舒霍夫不是那种常到医务所来泡病假条的人，这一点弗多乌什金也知道。可他仅仅有权批准两个人早上不出工干活，而他已经批准过两个人了，这两个人的名单就压在发绿的玻璃板底下，名字下面还画了一道线。

“那就该早点来看。可你怎么直到快要出工的时候才来？给你！”

弗多乌什金从一个蒙着纱布的小罐中抽出一支

体温表(一支支体温表通过纱布上的孔眼插入罐中),擦去上面的溶液,让舒霍夫夹在腋下。

舒霍夫坐到靠墙的一条长凳上,坐在一边的尽头上,勉勉强强使自己不跟长凳一起翻倒在地。其实他并不是有意选中这样一个不舒适的地方来坐,而无意中却表明,医务所对他来说是很陌生的,他来到这里只是因为一点小病。

弗多乌什金则继续在写。

医务所位于警戒区里最偏远的一个角落,任何声音都传不到这里。连简易挂钟的嘀嗒声也听不见(这儿不给犯人们配备钟表,由长官替他们掌握时间)。甚至老鼠抓东西的声音也没有,医务所的一只猫早就把老鼠捉光了,那是它的任务。

对舒霍夫来说,在这么干净、这么安静的房间里,在明亮的灯光底下整整坐上5分钟,什么事情也不做,是妙不可言的。他环视了一下四周墙壁,没发现任何东西。看了看自己的棉袄,胸前的号码布已被磨坏,可别被磨掉了,应当缝补一下。他还用那只空着的手摸了摸脸上的胡须,胡子茬儿已经很长了,从上次洗澡以来,已有十多天没有刮过。可这并不碍事。约莫过3天就又该洗澡了，到那时候再刮吧。何必坐在理发室里排队干等呢？舒霍夫用不着修饰打扮，打扮漂亮了也没人看。

后来，舒霍夫凝视着弗多乌什金那雪白的包发帽，回忆起洛瓦季河上的医疗卫生营，回忆起他是怎样带着受伤的下巴去到了那里，而且——他真是个傻瓜蛋！——又自觉自愿返回了部队。他本可以躺上5天的。

此时他产生了一种幻想：病上两三个礼拜该有多好，不过并不是致死的病，也不用开刀，只是为了能够住院，躺上3个礼拜，动也不动，似乎还能喝到肉汤。

不过舒霍夫想起来了，如今即使是在医院里也不能躺着不动。随着一批押来的犯人也来了一个新医生——斯捷潘·格里戈利伊奇，此人嗓门很大，动不动就训斥人，他自己整天忙个不停，也不让病人安静。他独出心裁，把所有能走动的病人都赶出病房为医院干活：筑篱、修路、往花坛上运土，到了冬天则盖雪保墒。他说，干活能治病，而且是最有效的良药。

干活干多了，马也能累死。这一点要心中有数。要是自己砌墙时快要累倒了，不妨偷偷地坐下来休息一会儿。

……弗多乌什金还在写自己的东西。他确实是在干私事，这对舒霍夫来说是不可思议的。弗多乌什金在誊抄昨天写完的一首较长的诗，他答应今天拿给那个医生——斯捷潘·格里戈利伊奇看。

这种事唯独在劳改营里才有：斯捷潘·格里戈利伊奇给弗多乌什金出了个主意，让他宣称自己是个医士，于是就把他放在医士的岗位上，弗多乌什金也就开始在那些笨头笨脑的犯人以及温顺的立陶宛人和爱沙尼亚人身上学习静脉注射，犯人们想也不会去想这个医士其实压根儿不是医士。柯里亚曾经是文学系的一个大学生，上二年级时被捕。斯捷潘·格里戈利伊奇希望他在狱中能把在外边所不能写的东西写出来。

……透过结了薄冰而不再透明的双层玻璃窗，传来刚刚能够听得见的上工的钟声。舒霍夫叹了口气，站了起来。像先前一样，他觉得浑身发冷，可是看样子他是没法不上工了。弗多乌什金伸手取过体温表，看了看。

“你瞧，不高不低，37度2。要是38度，那么谁都明白该怎么办。我不能准你的假。要是你愿意担风险，那就留下来。医生检查之后认为你有病，就会准假，可要是没病，那就对不起，还要把你送去关禁闭。你还是出去干活为好。”

舒霍夫什么也没回答，甚至连头也没点一下，把帽子扣到头上就出去了。

穿得暖和的人哪知挨冻的人冷呢？

寒气逼人。严寒以其刺鼻的烟雾将舒霍夫团团包围了，呛得他咳嗽起来。这是零下27摄氏度的严寒，而舒霍夫的体温则是37摄氏度。现在到了看谁战胜谁的时刻了。

舒霍夫踏着碎步向营房跑去。直路上空无一人，整个劳改营的四周也都是空的。这正是那短暂的、可以放松一下的时刻，这个时候一切都已准备好了，可还都装作若无其事，似乎不会上工的样子。哨兵坐在暖和的营房里，半睡不醒的脑袋靠在步枪上，对他们来说，这么冷的天气在高高的岗楼上走动，可不像见了黄油那么值得高兴。主门岗的值班守卫们还在不停地往炉子里扔煤块。看守室里的看守们在出去搜查之前，正在把新卷的一支烟抽完。而犯人们也都把自己的破烂衣服穿好了，把绳带全部缠在腰上，为了挡挡寒气，用破布把从下巴到眼睛这块地方蒙了起来，都穿着毡靴躺在板铺的被子上面，闭目养神，等听到队长喊“起来！”再爬起身来。

104小队和整个第9营房的其他犯人，都在打盹儿。只有副队长帕夫洛微微颤动着嘴唇，用铅笔头在计算着什么，还有舒霍夫的邻铺，那个总是梳洗整洁、干干净净的浸礼派教徒阿廖什卡，正在上铺读自己的笔记本，那上面抄录着半本《福音书》。

舒霍夫尽管拼命往里跑，但脚步很轻，他跑到副队长的床边。

帕夫洛把头抬了起来。

“没有把您关起来，伊万·杰尼瑟奇？平安无事啦？”（西乌克兰人怎么也改不了自己的习惯，即使在劳改营里他们叫人也加上别人的父称，还总是以“您”相称。）

他从桌上拿起定量分配的一份面包，递给舒霍夫。面包上有一勺白糖，堆成小小的一堆。

舒霍夫很着急，不过还是回答得挺有礼貌（小队副也是领导，他甚至比劳改营的主管还更为有权）。

他赶忙用嘴唇把面包上的白糖吮到嘴里，伸出舌头舔舔干净，一只脚踩着脚蹬子，要爬上去整理床铺，可他还是仔细地看了看口粮，还迅速地掂了掂分量，看它够不够规定的350克。这种口粮，舒霍夫在监狱里和劳改营里领过不止1 000次了，其中没有一份是核对过分量的，他这个胆小的人，没有声张和抗议过一次，然而舒霍夫以及任何一个犯人都早就明白，要是称得公平，那就甭想在面包房里待下去。每份口粮的分量都不足，他只不过想知道，是不是差很多。就这样，每天都要掂上两次，心里得到点安慰——也许，今天克扣我并不那么狠？也许我这份差不多够了分量？

“大约少给20克。”舒霍夫这么认为，随即把面包掰成两半。一半揣到怀里，塞进专门缝在棉袄里面的一个小白口袋里（工厂给犯人缝的棉袄都没有口袋）。另一半属于是早饭省下来的，他想马上吃掉，可是匆匆忙忙地吃，吃不出味道，白白浪费东西，也不会觉得饱。他探身把半份口粮塞进小床头柜里，可是又改变了主意，他想起由于失窃的事值日员已有两次挨过打。营房很大，像个进进出出的大杂院。

因此，伊万·杰尼索维奇没有放下手中的面包，而是从毡靴里拔出脚来，灵巧地把小勺和包脚布留在了靴子里，赤着脚爬到上铺，把褥子上的一个窟窿弄大了一些，把自己的半份口粮藏了进去——藏进锯末里。他从头上把帽子扯了下来，抽出别在里面的一根带线的针（这针也藏得很严密，搜查时帽子同样要被摸的，有一次看守被针扎了一下，气得他差点儿把舒霍夫的脑袋敲裂了）。他一针一针又一针，不一会儿就把藏着口粮的窟窿缝好了。这时候嘴里的糖也化完了。这一切都使舒霍夫浑身极度紧张，因为派工员马上就要在门口喊叫了。舒霍夫的手指动作很快，可是思想跑得更快，脑子里已在盘算下一步该怎么办了。

浸礼派教徒在读《福音书》，不过并不完全是默读，而似乎是读出了声音（也许是故意在舒霍夫面前这样，因为他们这些浸礼派教徒像政治指导员们一样，喜欢宣传鼓动）：

"你们之中可不要有人作为杀人犯，或者作为窃贼，或者作为恶人，或者作为染指他人财产的人而受难。不过，要是作为基督教徒而受难，就不要感到羞耻，而要为那种命运去赞美上帝。"

阿廖沙可真行：他会巧妙地把这个小本子塞进墙缝里，没有一次被搜查出来。

舒霍夫以同样迅速的动作把呢上衣搭在横梁上，从褥垫底下掏出一副连指手套，还有两块破包脚布、一根小绳和一块有两根带子的破布。他把褥垫里的锯末稍稍弄平（压实的锯末沉甸甸的），把被子四周都掖严实，把枕头扔到原处，之后便赤着脚爬下来开始穿靴子，先是把好的、新的包脚布裹在脚上，然后再在外面裹上一层次的。

就在这个时候，队长咳嗽了一声，起身宣布说：

“104小队，别再躺啦！走吧！”

于是整个小队的成员，打瞌睡的也罢，不打瞌睡的也罢，立刻都爬了起来，打着哈欠朝门口走去。队长蹲了19年监狱了，他从未提前一分钟赶人去上过工。既然说了“走吧！”，那就是说已经到了非走不可的时刻。

队员们迈着沉重的脚步，默默地一个跟着一个往外走，先是走进过道，然后走进前厅朝门廊走，20小队的队长也学丘林的样子宣布：“走啦！”此时舒霍夫已及时裹上两层包脚布，穿好了毡靴，把短上衣罩在棉袄外面，腰上用绳子束得紧紧的（在特别营里禁止用皮带，有皮带的也都被没收了）。

舒霍夫就这样匆匆做完了一切，并在前厅里追上了同队最后的几个队员，他们正要迈出门口往门廊上走，每人背上都有号码。队员们把所有能穿的衣服统统裹在了身上，显得很臃肿，他们拖着沉重的脚步斜着朝直路上走去，一个跟着一个，谁也不去赶超谁，唯有脚下不停地轧轧作响。

四周依然是一片晦暗，尽管东方的天边已经发青和放亮。东来的风虽然不是劲吹，却凛冽刺骨。

一大早就去上工，再没有比这更苦的时刻了。摸着黑，冒着严寒，饥肠辘辘地去干一整天。舌头不听使唤，根本就不想跟谁说说话。

一个下级派工员在队伍旁跑来跑去。

“喏，丘林，还要等多久？又要拖延吗？”

这个下级派工员只能镇住舒霍夫，丘林可不怕他。丘林不愿跟他在严寒中说什么废话，一声不吭地走自己的路。整个小队也就跟着他在雪地上走，一路发出轧轧的声响。

许是又送去了1 000克荤油，因为104小队又来到自己的那个纵队,这一点根据左右邻队的情况就能看得清楚。只有那些更穷和头脑更木的人才会被赶去修建"社会主义小城"。咳,今天在那儿可真够呛:零下27摄氏度,还加上刮风,既没地方避风,也没地方烤火!

队长是需要有很多荤油的,既要送给生产计划科,又要照顾到自己的肚皮。队长即使自己收不到邮包,也不会缺这种东西。队里只要有人收到邮包,马上就会向他进礼。

不这样就难以活下去。

总派工员看着记工牌说:

"丘林,今天你的小队里有一个病号,出工的是23个吗?"

"23个。"队长点了点头。

缺谁呢?缺潘捷列耶夫。难道他当真生病了?

队里一下子悄声议论了起来:潘捷列耶夫这狗崽子,又留在营区里了。他什么病也没有,是"开刀的"把他留下来的。又要告什么人的密了。

白天叫他去不碍眼,哪怕谈上3个钟头,也没有人看得见,没有人听得见。

况且是在医务所里进行的……

犯人身上都穿着黑呢上衣，整个直路上是黑压压的一片，各个小队相互挨着，缓慢地向前移动，准备接受搜身检查。舒霍夫突然想起，棉袄上该重描一下号码了，于是就挤到路的另一边。那里有两三个犯人在画家面前排着队。舒霍夫也凑过去排上。号码对我们这些难兄难弟只有害处，看守老远就能根据号码把你认出来，押送队也会在小本子上记下来，可你如果不及时重描号码，就会被关禁闭：你为什么不关心号码呢？

劳改营里有3个画家，除了给上司义务画像，还轮流在上工的时候写号码。今天轮到的是那个花白胡须的老头儿。他拿毛笔往帽子上写号码的时候，瞧吧，真像神甫在往脑门上涂圣油呢。

他描啊描啊，还不停地往手套里呵气。手套是毛线打的，很薄，手快冻僵了，笔不听使唤。

画家给舒霍夫的棉袄重描了一下"Щ-854"号码，舒霍夫没把呢上衣的衣襟掩上，因为过不了几分钟就要搜身检查了，所以他拿着束腰的绳子赶上了小队。此时他立刻发现，同队的采扎尔在抽烟，而且抽的不是烟斗，是烟卷儿，这就是说，可以向他要几口抽抽。但舒霍夫并没直接去讨,而是紧挨着采扎尔站着,半侧着身子,故意不朝他看。

他没有朝他看,仿佛漠不关心,但却清楚地看到,采扎尔每吸一口(他陶醉在沉思中,隔一会儿才吸一口),红色的圆圈就顺着烟卷儿向前移动,使烟卷儿缩短,渐渐接近烟嘴。

此时,费丘科夫这头胡狼也在打主意,他干脆站在采扎尔的对面,眼睛贪婪,盯着他的嘴看。

舒霍夫一点烟叶也没有了,而且他已预料到今天直至晚上也弄不到了,所以他整个身心都在期待,此刻他渴望这个烟头似乎比渴望自由还强烈。但他不会像费丘科夫那样,使自己下贱到盯着别人的嘴看的地步。

采扎尔身上混合着诸多民族的特征:不知他是希腊人,还是犹太人,或者是茨冈人,总之搞不清楚。他还算是个年轻人,拍过电影,不过连一部片子也没拍完就被捕入狱了。他的胡子是黑色的,又浓又密。在劳改营里之所以没给他刮掉,就因为档案里的照片是拍成这样的。

“采扎尔·马尔科维奇!”费丘科夫憋不住了,抿了抿嘴唇,“让……我抽一口吧!”

此时，由于贪婪和迫不及待，他的脸抽搐了起来。

……采扎尔微微睁开半耷拉在黑眼睛上的眼皮，看了一眼费丘科夫。他不愿别人在他吸烟的时候打断他的思路，向他要烟头，所以经常是抽烟斗。他并不是舍不得烟，而是可惜那被打断的思路。他抽烟是为了在自己身上唤起一种美好的思想，使其能够找到什么。但是，每当他刚刚把烟卷点上，马上就会在周围的几双眼睛里看到："别抽到头！"

……采扎尔转向舒霍夫，对他说：

"拿去吧，伊万·杰尼瑟奇！"

他用拇指把燃着的烟头从短小的琥珀烟嘴里拔出来。

舒霍夫顿时精神一振（他等的就是这个，等采扎尔主动给他），赶忙表示感激，一只手接过烟头，另一只手从下面保护着，以免掉落。采扎尔嫌脏，没有给他烟嘴用，这他并不在乎（有的人嘴干净，有的人嘴上有疱疹）。他粗糙的手指紧靠着火头夹着那烟蒂，一点也不怕烫。最主要的是他截住了费丘科夫这头老狼。喏，此刻他吸着，吸着，直吸到嘴唇被烧疼了为止。嗯，嗯，嗯，嗯！吸进去的烟消散在他贪婪的躯体里，脚底和头顶都有了反应。

这种惬意之感刚刚流遍全身，伊万·杰尼索维奇便突然听到了吼声：

“贴身的衬衣统统没收！……”

犯人的生活就是这样。舒霍夫已经习惯了，唯独要多加小心，免得有人扑上来卡住你的脖子。

为什么要没收衬衣呢？衬衣岂不是领导亲自发的？……不，这不可能……

前面，离搜查地点还隔着两个队，可是整个104小队都清楚地看到，生活管理长沃尔科沃伊中尉从劳改营指挥部走了过来，对看守们嚷嚷了什么。沃尔科沃伊不在的时候，看守们搜查得马马虎虎，可此时他们立刻手忙脚乱，像野兽似的扑了上来，他们的领班则扯着嗓子喊：

“统统——把衬衣解开！”

据说，不只是犯人，也不只是看守，就连劳改营的营长也怕沃尔科沃伊。上帝多会给坏人作记号，瞧，给了他一个什么样的姓[1]！无怪乎沃尔科沃伊总是像

1 “沃尔科沃伊”（Волковой）这个姓是由词根“狼”（волк）派生出来的。

狼那样瞧人。他皮肤黝黑，个子很高，总是紧皱着眉头，走路飞快。他会突然从指挥部钻出来呵斥："都聚在这里干吗？"简直躲都躲不及。起初他还随身带着一条短鞭，有手到臂肘那么长，是皮条编的。据说在劳改营禁闭室里他就用这种短鞭抽人。或者，当犯人聚集在营房跟前等候晚上检查的时候，他却从后面悄悄地逼近，用皮鞭猛抽你的脖子："为什么不排队，你这臭尸？"人群像浪花般被击碎，纷纷躲闪。被抽得火辣辣的人捂住脖子，擦掉鲜血，一声不吭，否则还会被送去关禁闭。

现在不知为什么他随身不带皮鞭了。

天冷的时候，一般的搜身检查不在晚上进行，而早晨的搜查制度也说不上严：犯人解开呢上衣，把衣襟掀向两边。就这样5个人一排往前走，迎面站着5个看守。他们拍拍犯人束着腰带的棉袄两侧，拍拍右膝上唯一允许有的一个口袋。这些看守常常是戴着手套的，他们要是摸到什么可疑的东西，并不马上去掏，而是懒洋洋地问："这——是什么？"

早晨从犯人身上能搜出什么？刀子吗？可他们不会把刀子带出营房的，而只会往里带。早晨无非是检查有没有人私自带上3 000克左右的食物准备逃跑。有过一个时期，领导对午饭的那200克一块的面包怕得不得了，竟然颁布了命令：每个小队都要做一只木箱，把自己小队里每个人的面包都集中到一起，放进这木箱里带着。他们这些敌人为什么要这样做，怎么也想不出来，很可能是为了折磨人和增添不必要的忧虑：得把自己的一份咬下一口，作个记号，然后放进木箱里，可这些一块块的面包毕竟都是同一种类，彼此相似，所以一路上你得想着它，为它而惴惴不安，唯恐被别人偷换了去，有时犯人们还会相互争吵，弄到打架的地步。可后来有一次，有3个人从工区开着一辆汽车逃跑了，还带上了那样的一箱面包。这时领导才醒悟过来，上工用的木箱也就统统被劈掉了。他们说，还是各人带各人的。

早晨还要检查的是，囚衣里面是否穿有平民百姓的那种衣服。因为所有犯人的衣物都早已被没收了，刑满前是不会发还的。可在这个劳改营里还没有一个人服满过刑期。

再就是检查是否有随身带着的信件，打算托工作人员发出去。单单是在每个人身上搜信，就得拖拖拉拉地搞到中午。

但是沃尔科沃伊却嚷嚷要搜查什么，于是看守们就赶忙脱下手套，命令犯人敞开棉袄（这里每个犯人都藏着营房里的一点热气），解开衬衣，接着就伸手摸，看有没有违反规定再穿什么贴身衣服。每个犯人按规定穿两件衬衣，里面一件，外面一件，其余的都得脱下来！犯人们就这样一排一排地传下了沃尔科沃伊的命令。那些先走过去的小队可真幸运，有的已经到了大门外面，可其余的这些小队就得敞开衣服！谁要是贴身穿了衣服，就得马上冒着严寒脱下来！

就这样，搜查开始了，不过进行得不怎么顺利，大门口的犯人已经统统走过去了，哨所的押送人员直喊："跟上！跟上！"于是沃尔科沃伊对104小队便发了慈悲，让记下谁多穿了衣服，晚上亲自交到储藏室去，还要写一份书面材料，说明为什么和怎样私藏了衣服。

舒霍夫身上穿的都是公家发的衣服，尽管摸吧——胸脯，还有一颗心。给采扎尔记上的是一件绒布衬衫，而布伊诺夫斯基身上，则是一件背心或者肚兜之类的东西。布伊诺夫斯基总是大嗓门说话，他在

自己指挥的驱逐舰上习惯了这样,而至今来到劳改营还不到3个月,此刻他嚷道:

“你们没有权力让人们在冰天雪地里脱去衣裳!刑法第九条的规定你们不懂!……”

他们有权力。他们懂得。只有你,老兄,还不懂呢。

“你们不是苏维埃人!”中校骂道。

提到法典条文,沃尔科沃伊还能忍耐,可这句话却使他闪电般发起怒来,气得直打哆嗦:

“禁闭10天!”

接着便压低声音对领班说:

“傍晚去办手续。”

早晨这种时刻,他们不愿把人送进禁闭室,因为那会使出工的人数减少。让他弯一天腰,晚上再送去。

禁闭室就在这条直路的左边,它是石头砌的,有两排侧房。第二排侧房是今年秋天建成的,因为一排侧房已经容纳不下了。总共有18间牢房,其中有的又隔成了一些单人囚室。整个劳改营都是木房,唯有监狱是石头砌的。

寒气钻进了衬衣底下，现在再也无法暖和过来了。犯人不管把自己裹得多么严实，也不顶用。舒霍夫感到整个脊背都那么难受。此刻最好是能够躺到医院里的病床上，睡上一觉。除此之外什么也不想了。被子最好也能够厚实一点。

犯人们站在大门口，有的扣纽子，有的系带子，押送兵却在外面喊：

“快点！快点！”

派工员则从背后一个劲儿地推：

“快点！快点！”

第一道大门。营前区。第二道大门。接着，两边的栏杆直通到哨所附近。

“站住！”哨兵嚷了起来，“简直像一群羊。按5个人一排站好！”

天已经蒙蒙亮了。押送队在哨所外面点的篝火也快燃尽了。他们在上工之前总是燃起篝火，为的是暖和暖和，也为了统计人数时看得清楚些。

一个哨兵声色俱厉地数着：

“第一！第二！第三！”

于是犯人们按5个人一排站好了队，一排一排地往前走，因此，无论从前面看还是从后面看，都是5个脑袋、5个背、10只脚。

另一个哨兵是检查员，他默然不语地站在另一排栏杆跟前，核对统计数字是否正确。

还有一个中尉站在那里监视。

此人是劳改营里派来的。

人比黄金还宝贵。在铁丝网外面要是丢了一个人头，那就得用自己的脑袋去顶替。

整个小队又会合到了一起。

此时是押送队的一个中士在数着：

“第一！第二！第三！”

又按5个人一排站好了队，一排一排地走过去。

副警卫队长便从另一边核对。

还有一个中尉。

此人是押送队派来的。

无论如何也不能出差错。多登记了一个人头，就得用自己的脑袋去顶替。

一个个押送队员像木桩儿似的扎在地上！他们排成了半圆形，包围着修建热电站的队伍，人人端着冲锋枪，枪口对着你的脸。饲犬兵也牵着狼犬站在那里。一条狗龇着牙，仿佛在嘲笑犯人们。押送队员全都穿着短皮袄，只有6个人穿的是皮筒子大衣。这种皮筒子大衣他们轮流着穿，谁该到岗楼上去，谁就穿。

把所有的小队混在一起，押送队再一次按5个人一排，把修建热电站的整个纵队重新统计了一遍。

“日出的时候往往是最冷的时刻！”中校说，“因为这是夜间持续降温的终点。”

中校就喜欢发表议论。根据月亮的圆缺，他能为你算出任何一年，任何一天。

眼看着中校渐渐衰弱了，两腮也凹陷了下去，不过精神倒是很好。

这时在警戒区外面的凛冽寒风里，就连舒霍夫那张饱经风霜的脸也感受到严寒的强烈刺痛。想到在去往热电站的路上风会一直这么迎面吹来，舒霍夫便决定在脸上捂一块布。跟其他许多人一样，舒霍夫也准备了一块缝有两根带子的布，以备遇到顶风时使用。犯人们都认为，这样一块布很起作用。舒霍夫把脸齐眼蒙住，顺着耳根将带子拉到后脑勺系上。接着便把帽檐放下来盖住后脑勺，把呢上衣的领子竖起来，还把前面的帽檐放下来挡住额头。就这样，从前面看，他只剩下一对眼睛了。他还用绳子在呢上衣外面拦腰束紧。此时一切都弄得挺好，唯独手套是破的，手指已经冻僵了。他搓着和拍打着自己的手，因为他知道马上就得把它们放在背后了，而且一路上都得那样背着手。

警卫队长宣读了每天都使犯人们厌烦的“祈祷文”：

“在押者，注意啦！走路时要严格保持纵队的队形！不要拉得太远，也不要靠得太紧，不要从这个5人一排蹿到那个5人一排，不要说话，不要左顾右盼，手只准放在背后！偏右一步或偏左一步，都属于逃跑，押送人员有权开枪，无须事先警告！领队的，开步走！”

前面的两个押送兵，应该是顺着大路起步走了。纵队的前头蠕动了起来，人们的肩头交错摇动，押送队走在纵队的两边，离纵队大约20步，押送兵前后的间距是10步，个个端着冲锋枪。

差不多已有一个星期没下雪了，路已开辟出来，踩得很实。绕过劳改营，风斜着吹到脸上。犯人们排着纵队，背着手、低着头，浩浩荡荡，像送殡似的。你所能看到的只有前面两三个人的脚，还有你自己的脚马上就要踏上去的那一小块踩实的雪地。押送兵时而会喊："Ю-48！把手放到背后！""Б-502！跟上！"之后他们就很少喊了，因为风抽打得厉害，妨碍观察。押送兵嘛，又不能在脸上蒙块布。这种差事也真不怎么样……

天气稍微暖和点时，纵队里总是有人在说话，不管怎么斥责他们也没有用。可今天他们全都微微弯下了腰，每个人都缩在前边一个人的背后，一边走一边想自己的心事。

苦役犯的思想——那也是不自由的。总是回到同一个问题上来，翻来覆去地想：褥垫里的那份口粮会不会被摸到？晚上医务所会不会给病假呢？关还是不关中校的禁闭？采扎尔的那件绒布衬衣到底是怎么弄到手的？他大概是买通了私人物品储藏室的管理员，否则能从哪儿弄呢？

舒霍夫早饭时没吃那份面包，吃下去的东西又都是冷的，所以他一直觉得肚子不饱。为避免肚子咕噜叫和想吃东西，他不再去想劳改营里的事，而开始想怎样尽快往家里写信。

纵队走过犯人们建造起来的木工厂，走过居住区（木房也是犯人盖的，住的却是管理人员），走过新俱乐部（从地基到墙上的装饰，也统统是犯人的劳动，可电影却只给管理人员看），然后顶着风，迎着渐渐泛红的东方踏上了原野。左面和右面都是一望无际的茫茫白雪，雪野上连一棵小树都没有。

新的一年——1951年开始了，在这一年中，舒霍夫有权写两封信。7月份他发出了最后一封，而收到回信是在10月份。在乌斯季-伊日玛那里，制度就不同，哪怕每月写一封都行。可你能在信中写什么呢？那时舒霍夫写信也并不比现在更频繁。

舒霍夫是1941年6月25日离开家的。礼拜天人们在波洛缅教堂做了弥撒后回来说，战争爆发了。消息是从邮局传出来的，战前的捷姆格尼奥沃，谁家都没有收音机。如今嘛，据来信说，每户人家都能收听无线广播。

现在写信，就像把石子儿往晦暗的深渊里扔。扔进去，就无影无踪，连个回音也没有。不准写你在哪个队里干活，你的队长安德烈·普罗科菲耶维奇·丘林为人怎样。现在跟拉脱维亚人基利季格斯谈话倒比跟家里人谈得多了。

家里的人也是一年写两封信来，可你对他们的生活却不了解。农庄主席，据说是新的——是的，每年都换新的主席，当不上一年就换了。农庄扩大了——是的，从前也扩大过，可后来又缩小了。嗯，还有，谁没完成劳动日定额，谁家的菜园就要减少到原面积的15%，有的则连房前屋后的一点地也被充公了。老婆在一封来信里还说，有过这样的规定，要是谁完不成定额，就要被送去坐牢，但不知为什么这条规定实际上没有实行。

使舒霍夫怎么也不敢相信的是，妻子来信说，从战争开始以来，集体农庄里就再没增加过一个劳动力，所有的小伙子和姑娘们，都千方百计往外走，要么进城当工人，要么去煤炭开采场。去打仗的军人们有半数没回来，而回来的又都不认可集体农庄，他们住在家里，到别处去干活。农庄里的男人，只剩下队长扎哈尔·瓦西里伊奇和84岁的木匠吉洪，队长结婚不久，已有孩子了。农庄还靠1930年被赶着参加的那些娘儿们支撑着，等到她们倒下来，农庄也就完蛋了。

舒霍夫对于这样一点无论如何也不能理解：住在

家里，却到别处去干活。他见过单干户的生活，见过集体农庄的生活，但是男人们不在自己的村子里干活这一点他想不通。类似打零工还是怎么的？可割草的事怎么办？

妻子回信说，人们早就不打零工了。他们家乡一带闻名的木工活，人们也不做了，藤篮也不编了，现在谁也不需要这种东西。不过，倒是有一种新的、兴旺的副业，那就是染毯花。有一个人打完了仗回家，带回来一块镂花板，从那时开始便兴起来，传开了，这种行家——染花匠也就愈来愈多，他们不参加什么组织，不在任何地方工作，只是在割草的季节和收获期帮农庄一个月的忙，为此，农庄就给他们开一张为期11个月的条子，证明他们是某某庄员，因事请假外出，未拖欠税款。于是他们就往来于全国各地，甚至还乘飞机，因为他们珍惜自己的时间，而钞票则成千上万地搂进来，到处都描这种毯花，只要给50卢布和一条没什么可惜的旧床单，就可以描一条“花毯”，而描这么一条“花毯”似乎一小时就够了，不会用更多的时间。老婆怀着热切的期望等待伊万归来，让他也不用插足集体农庄，也成为这样的染花匠。那时他们就可以摆脱她正在挣扎其中的这种贫困处境，把孩子送到中等技术学校去念书，还可以盖新房子，不再住那摇摇欲坠的破旧茅屋。所有的染花匠都盖了新房，铁路附近的房子如今不像从前那样只要5 000卢布，而要25 000卢布了。

尽管舒霍夫坐牢的日子还有不少，度过冬天和夏天，再过一冬一夏，可这些花毯还是搅得他心不能平静。要是还要剥夺权利或者流放，这一工作对他来说倒十分合适。于是他让老婆写信告诉他，既然他生来就不会画画，他怎么能成为一个染花匠呢？这种奇妙的花毯究竟是怎么回事，上面到底画的什么？老婆回信说，只有傻瓜才不会描呢，放上镂花板，用排笔往小洞孔里刷颜料就行了。花毯有3种：一种是“三套马车”——一辆配有漂亮挽具的三套马车拉着一位骠骑兵军官；第二种是“鹿”；第三种是仿波斯花纹。除此之外再没有别的图案了，不过即使是这样，全国各地的人们还是口口声声表示感谢，争相购买。因为真正的花毯不是50卢布一条，而要值几千卢布。

这些花毯，对舒霍夫来说，哪怕能看上一眼也好……

伊万·杰尼索维奇在劳改营和监狱里蹲得已经不习惯于思考如何安排明天，如何安排一年以后的生活，以及用什么养家的问题了。一切都由上头替他考虑，这样似乎倒也轻松。可刑满释放后怎么办？……

从不是犯人的司机和挖土机手讲的种种故事中，舒霍夫明白了这样一点，人们要走的正道已被挡住，但是大家并未不知所措：绕道而行，过得更好。

舒霍夫也宁愿绕道走过去。看来挣钱很容易，让人眼红。要是落在自己的乡亲们后面，似乎有点遗憾……但是就内心来说，伊万·杰尼索维奇是不愿意弄那些花毯的。为了那些花毯，他得昧着良心，厚颜无耻和目无法纪。舒霍夫已经在世上折腾了40年了，牙齿有半数没了，脑袋也秃了顶，他从来没给过什么人东西，也从来没拿过别人的什么，这他在劳改营里也没学会。

轻易到手的钱，是毫无意义的，就是说，你不会觉得那是自己的劳动所得。老年人说得对：没付足钱的东西，搬不到家。舒霍夫的一双手还有劲，能干活，难道他在释放之后还找不到一个正当的工作？

再说到时候会不会放你出去呢？会不会无缘无

故就那么再关上几十年？……

这时纵队已经来到了一片开阔的工区前，停在哨所前面。在此之前有两名穿皮筒子大衣的押送兵从工区的一角穿过空地向远处各自的岗楼蹒跚走去。在押送队尚未占守所有的岗楼之前，工区是不许进人的。警卫队长背着冲锋枪向哨所走去，哨所的烟囱里不断升起团团黑烟，哨所里有哨兵整夜值班，防止有人偷运木板或者水泥。

穿过铁丝网大门，穿过整个工地，穿过远处的那道铁丝网，再往那边看，一轮又大又红的太阳仿佛从晦暗中升起来了。站在舒霍夫身旁的阿廖什卡高兴地望着太阳，嘴角露出微笑。他脸腮凹陷，靠口粮度日，哪儿也捞不到外快，有什么可高兴的呢？每逢礼拜天他总是跟其他浸礼派教徒一起窃窃私语。看来，他们对于蹲劳改营还满不在乎呢。由于宗教信仰他们被判了25年，难道这样就会使他们不再信教了？

路上用的面罩，也就是那块破布，由于一路上的呼吸而湿透了，有的地方冻硬了，像块挂冰的树皮。舒霍夫把它从脸上挪到脖子上，转过身来背着风。他哪儿也没感到冻得慌，只是戴着破手套的两只手觉得冷，再就是左脚的脚趾麻木了，因为左脚的那只毡靴破得快，已经补了第二次了。

从腰和背直到肩膀都觉得难受、酸疼，怎么干活呢？

舒霍夫回头一看，正与队长打了个照面，他在最后一排的5人之中。队长的肩头很结实，形象也很高大。他阴郁地站在那里。他对自己的小队不赏什么笑脸，但伙食方面倒还注意，很关心小队的集体口粮。他蹲的是第二期了，成了劳改营之子，对劳改营的制度了如指掌。

在劳改营里，队长就是一切，一个好的队长能给你第二次生命，坏的队长会把你提前赶进棺材。还是在乌斯季-伊日玛的时候，舒霍夫就认识安德烈·普罗科菲耶维奇，只不过不曾在他的小队里待过。当上头进一步根据刑法第58条把他们从乌斯季-伊日玛，也就是从普通劳改营调到这里的苦役营的时候，丘林马上就挑选了他。舒霍夫用不着跟劳改营的领导、生产计划科、工地主任、工程师打交道，因为队长处处庇护他，队长的胸膛乃钢铸铁打。然而，只要他眉梢一动，或者指头一指，那你就得快去，马上执行。在劳改营里你想欺骗谁都行，唯独别欺骗安德烈·普罗科菲耶维奇。这样你才能活下去。

舒霍夫本想问问队长，是仍旧在昨天的地方干活，还是转移到别的地方，可又怕打断他有关重要问题的思索。他刚刚把修建“社会主义小城”的任务推掉了，此刻可能正在仔细考虑百分比，以后5天的伙食就取决于这个数字了。

队长生过天花，脸上留下了一些很大的麻点。他顶风站在那里，没有皱眉头，脸上的皮肤跟橡树皮差不多。

纵队里，人们冻得不停地搓手和跺脚。好凶恶的风啊！所有6个岗楼上似乎哨兵都已就位，可还不许人进工区，保持着高度的警惕。

瞧！警卫队长和检查员一起从哨所里走了出来，站到工区大门的两边，于是大门打开了。

“5个人一排站好！第一排！第二排！”

犯人们像接受检阅似的迈开了脚步，几乎是正步走呢。他们只想尽快进入工区，因为到了那里就没有人会教训他们该做什么了。

哨所后面不远的地方有一个小屋，那是办公处。

工地主任站在办公处旁边，正在叫各队的队长到他跟前去，其实不用他叫，他们自己也会到他那儿去的。德尔也朝那儿走去，他是犯人中间的一个组长，这个十足的坏蛋对自己的犯人兄弟比对狗还凶。

8点钟，8点过5分了（列车发电厂的汽笛刚刚响过），上级生怕犯人们浪费时间，怕他们四处去烤火，可犯人们漫长的一天才刚刚开始，时间绰绰有余。犯人只要走进工区，就弯腰捡木片，这儿捡一块，那儿捡一片，拿去生火。然后他们很快就钻进洞里去了。

丘林吩咐他的助手帕夫洛跟他一起去办公处。采扎尔也往办公处那儿拐去。采扎尔相当阔气，一个月里能收到两次邮包，凡是他用得着的人，他都悄悄地给他塞点东西，他在办公处里当“冤大头”——定额员的助手。

而剩下的104小队的人，立刻往旁边走开去了。

太阳升起来了：红彤彤的，雾蒙蒙的，在空旷的工区上空。工区里，在装配式房屋的拼板已被雪盖上的地方，在刚刚开始砌的石墙和打的地基都已停工的地方，弃置着掘土机那折断了的起动曲柄，散扔着挖斗和一些废弃的铁件，到处是翻挖的土沟和土坑，汽车修理厂正待加盖顶盖，而小土坡上的热电站，还刚刚开始建第二层。

人全都不见了。唯有6个哨兵站在岗楼上，再就是办公处附近有人在奔忙着。这一瞬间嘛倒是属于我们！据说，头天晚上工地总管就声色俱厉地给各个小队派了活儿，可这些小队此时却怎么也安排不好。因为一夜之间一切都翻了个个儿。

而这一瞬间属于我们！趁上头还在摊派活儿的时候，你可以找个比较暖和的地方，坐下来待会儿，还有你腰酸背疼的时候呢。要是能在炉子旁边坐一坐，把包脚布解下来稍微烤一烤，那就太好了。这样一来，整个一天脚都会是暖和的。即使没有火炉，也够心满意足了。

104小队的人都进了汽车修理厂的大厅，那里从秋天起就安好了玻璃，38小队正在浇筑混凝土预制板。有的预制板还在模子里，另外一些竖了起来，立在一边，旁边还有一些钢筋网。大厅很高，地面又是泥地，所以说暖和并不见得暖和，不过这个大厅毕竟是生了火的，况且又不心疼煤：这倒不是为了使人能够暖和点，而是为了让混凝土预制板凝固得好些。大厅里甚至还挂有一个温度计，即使在星期天，要是劳改营由于某种原因不出工，值班的工作人员也要在大厅里生上火。

当然，38小队是不许别的小队的人到炉子跟前去的，他们自己人围着炉子坐在那里，烘烤包脚布。算了，我们就到那边角落里待会儿也行。

舒霍夫穿着他那到处乱坐的棉裤，在木模的框边上找了个地方坐了下来，把背靠在墙上。当他侧了侧身子的时候，他感觉到身上的呢上衣和棉袄便绷得紧紧的，左胸前心窝那里好像压着个什么硬的东西。这个硬的东西原来是他放在贴身小口袋里的那一小块面包，就是他早晨留给自己中午吃的那半份口粮。平时，他总是把那么一块面包带在身上，带着它干活，吃午饭以前不去碰它。至于另一半，通常是早饭时吃下去，可今天早晨他没吃。舒霍夫知道他省不下什么了，因为此刻他抑制不住趁暖和把那份口粮吃下去的欲望。到吃午饭的时候，还有5个钟头，太长了。

起先背上的那种酸疼，现在转到腿上来了，两条腿变得一点力气也没有。唉，要是能到炉子边上去烤烤该多好！……

舒霍夫把手套放在膝头上，解开纽扣，又把路上用的冻硬了的面罩从脖子上解下来，揉了几下，放进了衣袋里。他把用白布头包着的那块面包摸了出来，将布头摊放在怀里，以免任何一点面包屑儿从布头旁边掉到地上，只在这时他才一点一点地咬下来咀嚼。这面包他是揣在两件衣服底下带着的，他的体温一直给它保着暖，所以一点儿也没冻硬。

先后在几个劳改营里，舒霍夫都经常回忆起过去农村人吃饭的情景：吃土豆——一平底锅一平底锅地煎，喝粥——一铁锅一铁锅地熬，而从前没有集体农庄的时候，肉都是论大块大块地吃。牛奶也是大量地喝，喝得肚皮都装不下。而在劳改营里，舒霍夫知道像那种吃法是不行的。吃东西要专心致志地慢慢吃，就像现在这样，一点一点地啃下来，用舌头吮，含在嘴里细细地咂，于是这块半生不熟的黑面包还会使你觉得那么香呢。8年来，直到这第9个年头，舒霍夫吃的是什么呢？甭提了。可活儿干得怎么样？嘿，那可是呱呱叫！

舒霍夫就这样专心地吃着自己的200克面包，这时整个104小队的人就在他的附近。

像亲兄弟似的那两个爱沙尼亚人，坐在矮矮的混凝土预制板上，轮流着抽那安在烟嘴上的半截香烟。这两个爱沙尼亚人都皮肤白皙，又高又瘦，都高鼻梁、大眼睛。他们俩彼此靠得如此之紧，仿佛谁也离不开对方所喷出来的蓝烟。队长从未把他们分开过。他们吃东西的时候也是平分，睡觉也睡在同一个顶铺上。他们排在队伍里的时候，或者等候上工的时候，或者晚上要躺下睡觉的时候，总有说不完的话，而且总是声音很低、从容不迫。其实他们并不是同胞兄弟，只是在这儿，在104小队里才相互结识。听说一个是海边的渔民，另一个嘛，在苏维埃政权成立的时候还是个小孩子，被父母带到了瑞典。他长大之后却自作主张地回来了，梦想在爱沙尼亚上完大学，可一回来就被抓起来了。

据说，是哪个民族无关紧要，因为任何民族里都有坏人。可舒霍夫不知见过多少爱沙尼亚人了，坏人他却没碰到过。

大家都坐着，有的坐在预制板上，有的坐在预制板模框上，有的席地而坐。从早晨起，人们就不爱说话，舌头有点转不动，每个人都在想自己的心事，默然不语。费丘科夫这头胡狼到处捡拾烟蒂(他不嫌脏,连痰盂里的也捞起来),此时正在把一个个烟蒂剥开,把尚未抽尽的烟末倒在摊开在膝头上的那张小纸上。费丘科夫本来有3个孩子,但是他一坐牢,孩子们就都不认他了,老婆也改了嫁,所以没有人接济他。

布伊诺夫斯基一直在斜着眼瞧费丘科夫,而且还凶狠地说道:

“喂,你干吗要搜罗各种病菌呢?梅毒会使你嘴唇烂掉的!别这样!”

这位已经习惯于发号施令的海军中校,跟任何人说话都是那种指挥的口吻。

然而,费丘科夫没有什么要有求于布伊诺夫斯基的,因为这位海军中校同样也收不到什么邮包。所以他撇了撇嘴角,不怀好意地冷冷一笑,说道:

“等着瞧吧,中校,蹲上8年,连你也会去捡拾这种烟蒂的。”

这倒是真的,初来劳改营的人,有的比这位中校还清高……

“什么,什么?”耳朵有点聋的谢尼卡·克列夫申没有听清楚。他以为话题是关于布伊诺夫斯基今天上工时发脾气的事。“没有必要跳起来！”他伤心地摇了摇头，“也许一切都会过去的。”

谢尼卡·克列夫申是个备受压迫的老实人。还是在1941年的时候，他的一只耳朵就震聋了。后来他成了俘虏，逃跑过3次，都被抓了回去，接着就被塞进了布痕瓦尔德集中营。在布痕瓦尔德他奇迹般地死里逃生，如今不声不响地服着刑。他知道，如果跳出来反抗，必定要倒霉。

这倒是真的，你只能弯着腰，唉声叹气。要是腰杆一挺，马上就会折断。

阿列克谢两手捂住脸，一声不吭。他在默默地祈祷。

舒霍夫已经把手中的这份面包吃下去了，不过留下了一块面包皮——一小块半圆形的面包皮。因为任何小勺也不可能像面包皮那样把你饭盆里的粥刮得干干净净。他把这块面包皮又放到白布头上，包起来留到中午用，接着把它塞进棉袄里面的衬衣口袋里，把衣服扣好，使它保暖，现在他一切都准备就绪，就让他们派工干活好了。不过，要是他们还拖延，那当然更好。

38小队的人都已站起身来，分头而去：有的朝混凝土搅拌机走去，有的去提水，有的去绑钢筋。

然而无论是丘林，还是他的助手帕夫洛，都还没有回到自己的小队。尽管104小队的人坐了未必有20分钟，可大家都似乎感到十分幸福，仿佛此时离夜晚的到来已经不远了——冬季的劳动日是短促的，到晚上6点钟他们就要收工。

“唉，好久没有来暴风雪了！”那个红脸蛋、胖乎乎的拉脱维亚人基利季格斯叹了口气。“整个冬天没来过一场暴风雪！这算什么冬天？！”

“是啊……没来过暴风雪……没来过暴风雪……”小队的人都发出了感叹。

这地方刮起暴风雪的时候，不仅不能把人押出去干活，就连带出营房他们也不敢，从营房到饭厅要是不拉着绳子走，你就会迷路。一旦犯人冻死在雪堆里，那也就留给狗去吃了。可有没有人逃跑呢？这种情况有过。暴风雪肆虐的时候，虽然雪粒很细小，雪堆却渐渐形成，而且还像有谁把它压实了似的。人们就是沿着这样的雪堆越过铁丝网逃跑的。当然，他们也跑不了多远。

其实，暴风雪不会带来任何好处，犯人们这时都被锁在营房里；煤不能及时供应，营房里的那点儿热气都给吹走了；面粉运不进劳改营，吃不上面包；有时，连厨房里也不知拿什么下锅。不管那暴风雪刮多久，刮3天还是刮一周，都算作是休息日，此后，相当于这些天数的礼拜天，就会连着把犯人们赶出去干活。

可是不管怎样，犯人们还是喜欢暴风雪，渴望它的到来。只要风稍微刮得大些，大伙就都会仰望天空：给加点料多好！加点料吧！

这就是指下雪。

因为低风刮起的风搅雪是不会变成真正的暴风雪的。

也有人悄悄挨近38小队的炉子去烤火，可他被赶开了。

这时丘林已走进了大厅。他脸色阴沉。队员们心里明白：要去干活了，而且马上就得动身。

“行啦，”丘林环视了一下，“104小队的人都在这儿吗？”

因为丘林手下的人谁也不会到哪儿去，所以他既没有检查，也没有清点，便匆匆地开始派活了。他派两个爱沙尼亚人，还有克列夫申和戈普奇克，去把附近的一个盛灰浆的大槽子抬到热电站那儿去。根据这一点也就知道，小队要转到那个还没有完工，而且在秋末就已停建的热电站上去干活了。他又派两个人去工具房，帕夫洛已在那里领工具了。还派4个人去清扫热电站附近、机房入口处以及机房大厅里乃至吊梯上的积雪。还叫两个人去弄煤和搜罗木板，把木板劈成木柴，把那大厅里的炉子生上火。他还叫一个人把水泥从滑道上往那里运。还派两个人去弄水，两个人去运砂，而且还另外派一个人去清除砂堆上的积雪，并用铁钎把上冻的砂层撬碎。

在这一系列的安排之后，只剩下舒霍夫和基利季格斯还没有派到活儿，他俩是队里的能工巧匠。队长点了他俩的名之后，对他俩说道：

“是这么回事，小伙子！（其实他并不比他们年纪大，但是他有管别人叫作“小伙子”的习惯。）午饭后，你们俩就要去二楼用矿渣砖砌墙，那是第6小队从秋天起扔下的活。而现在应当使机房大厅暖和点。那里有3个大窗，得首先设法把它们封住。我还会派人去给你们帮忙的，只是你们要动动脑筋，想想用什么东西去封。对我们来说，机房大厅既是搅拌灰浆的地方，又是取暖室。我们要是不保暖，就会像狗一样冻死，懂吗？”

也许他还会说点什么，可就在这时戈普奇克跑进来找他，那小伙子大约有16岁，脸绯红，像头小猪，他抱怨说别的队不给他们灰浆槽子，结果打起来了。于是丘林就匆匆往那边去了。

不管冒着这样的严寒开始一天的劳动是多么艰苦，但只是这开头难，重要的是把这开头的一关熬过去，仅此而已。

舒霍夫和基利季格斯相互交换了一下眼色。他俩已不止一次在一起干活了，一个作为瓦工，一个作为木工，两个人还相互尊重。要在空旷的雪地上找材料去封住那些窗户，实在不那么容易。不过基利季格斯说道：

“万尼亚！在装配式房屋建筑工地那儿，我知道有个地方放着一大捆油毡，还是我亲自藏起来的。去一趟？”

基利季格斯虽然是拉脱维亚人，但讲俄语跟讲自己的民族语言一样流利，因为他们村子旁边有一个信旧礼仪派的村子，他从小就学会了讲俄语。在劳改营里基利季格斯虽然只蹲了两年，但对什么都心中有数：你要是自己不去咬下一口，那就什么也到不了嘴。基利季格斯的名字叫扬，舒霍夫也管他叫万尼亚。

他们决定去找油毡。只是在这之前，舒霍夫还跑到正在兴建的汽车修理厂厂房那里去取了自己的瓦刀。对瓦工来说，瓦刀可是很重要的，要是他手上有把瓦刀，活儿就好干多了。但是每个工区都有这样的制度：早上领取的全部工具，晚上都得归还。至于明天你能拿到什么工具，那就全靠运气了。不过有一次，舒霍夫故意算错工具，蒙骗了保管员，从而赖掉了一把很好的瓦刀。所以，他现在每天傍晚都要把瓦刀藏起来，第二天早晨如果还继续砌墙，就把它取出来。当然，要是今天104小队被赶到“社会主义小城”的工地上去，那么舒霍夫也就没有瓦刀使了。可是现在呢，他挪开几块石头，把手伸进石缝里，于是摸到了瓦刀，将它取了出来。

舒霍夫和基利季格斯从汽车修理厂出来之后，就朝装配式房屋建筑工地走去。随着他们的呼吸，冒出一股股气来。太阳已经升起来了，但仿佛笼罩在雾里，没有阳光，不过太阳的四周出现光柱样的东西。“那不是光柱吗？”舒霍夫对基利季格斯说。

“这些光柱倒并不碍咱们的事，”基利季格斯挥了一下手，笑了笑说，“只要柱子与柱子之间不拉上铁蒺藜就行了，这你可要盯着点。”

基利季格斯总是一开口就离不开说笑话，为此全小队的人都喜欢他，而整个劳改营里的拉脱维亚人又是怎样地尊重他！当然，基利季格斯吃得不错，每月能收到两个邮包，脸色红润，根本不像是蹲劳改营的人。像他那样，你也会开开玩笑的。

他们的这个工区很大，这会儿差不多要穿过整个工区！路上他们碰到了82小队的几个小伙子，又是逼他们在那里挖坑。要挖的坑倒是不大：50厘米见方，深度也是50厘米。可这儿的地即使是在夏天也像石头一样，何况现在又上了冻，你去啃啃看。他们用丁字镐刨，镐一着地就打滑了，只迸出一些火星，连地皮也没伤一点。小伙子们站在那里，每人守着自己要挖的坑，环顾周围，找不到地方烤火，况且又不许离开，那就只好再抡镐了。抡起镐来周身就会暖和些。

舒霍夫在他们之中看到一个熟人——一个维亚

季奇人[1],便出了出主意:

“喂,刨坑的,你们应该在每一个要刨坑的地方生上一堆火,冻土就会化开了。”

“没下过这样的命令,”维亚季奇人叹了口气,“不给劈柴。”

“应该去捡。”

而基利季格斯只是啐了一口。

“唉,万尼亚,你说说,上面要是有头脑,难道会让人用丁字镐在这冰天雪地里刨坑吗?”

基利季格斯也含混不清地骂了几句,接着就沉默了,在这样的严寒里是没有谈话的兴致的。他们往前走啊走啊,直到走近雪下埋着装配式房屋的拼板的地方。

舒霍夫喜欢跟基利季格斯一起干活,基利季格斯只有一点不好,就是他不抽烟,所以他所收到的邮包里从来就没有烟叶。

一点不错,基利季格斯的眼光很敏锐,他俩稍稍抬起一两块木板,就从下面拖出了一卷油毡。

1 属于东斯拉夫的一个部族。

油毡是拖出来了，可现在怎么拿走呢？让岗楼上的哨兵发现了倒没什么，因为哨兵们所关心的只是犯人别跑了，至于在工区之内，哪怕把所有的拼板都劈成碎片，他们也不管。即使碰上劳改营的看守，那也没什么，因为他们自己就经常东瞅西瞅，想捞点什么有用的东西。至于所有那些干苦力活的，根本不会去管这些建筑材料。小队长们也同样如此。关心这些材料的只有那个并非犯人的工地主任和犯人里的工长，再就是那个又高又瘦的什库罗帕琴科。这个什库罗帕琴科什么人物也不是，只是一个普通的犯人，但心却偏向监狱看守一边。上面给他开的派工单，只有一种活儿，就是看管这些建筑材料，不让犯人们随便搬走。就是这个什库罗帕琴科才最有可能发现他们，把他们抓起来。

“万尼亚，我看，咱们横着拿是不行的，”舒霍夫想出了一个主意，“来，咱们把它竖起来抱着走，用身体挡着，走起来也便当些。从远处看不清楚是怎么回事。”

舒霍夫可是想出了个好主意。拿着油毡走不方便，于是把它夹在两个人中间，像个第三者。他们就这样并排走了起来。从侧面看，只不过是两个人紧紧地靠在一起走。

“不过，工地主任以后看到窗户上的这种油毡，反正会猜出来的。”舒霍夫说。

“那跟我们有何相干？”基利季格斯惊奇地说，“就说我们到热电站来的时候，那里原来就有。莫非要揭下来？”

这倒是有道理。

唉，戴着破手套的手指头已经冻僵了，简直一点也不听使唤。左脚上的那只靴子倒还管用。毡靴，这是很重要的东西。干起活来，手倒是能舒展开的。

他们从那片荒野雪地穿过去，走上了从工具房通往热电站的一条滑道。也许水泥已经运到前面去了。

热电站建在一个小山岗上，它的后面便是工区的尽头。已经很久没有人来过热电站了，通往热电站的所有通道都已被雪覆盖。只有一条清晰可见的雪橇滑道和一条刚被人踩出来的小路——深深的脚印就是我们的人走过时留下来的。人们已在用木铲清理热电站附近的那条汽车路了。

要是热电站工地的那台升降机能够运行就好了。

唉,升降机的马达烧坏了,而且烧坏以后似乎就没修理过。这就是说,又要靠我们自己往第二层上搬运一切了。灰浆,还有矿渣砖。

热电站已有两个月停在那里,像一副被遗弃在雪地上的灰色骨架。现在104小队来了。可他们靠什么打起精神来呢?一个个空肚皮上勒紧了帆布带;严寒使人透心冷;不仅没有烤火间,连个火星儿也看不见。可毕竟104小队来了,因此,这儿的生活也就又开始了。

机房大厅的门口放着一个散了架的灰浆槽子。这灰浆槽破旧不堪,已不像样子了,舒霍夫根本没想到还能完整地把它搬到这儿来。队长还是照老规矩骂了一顿娘,不过他也看到,这不是什么人的过错。而就在这时,基利季格斯和舒霍夫一起,夹着一捆油毡回来了。队长高兴了起来,马上改变了主意:让舒霍夫去装炉子上的烟筒,以便尽快把火生起来;让基利季格斯去修理灰浆槽子,而且派两个爱沙尼亚人去帮他的忙;还让谢尼卡·克列夫申去找斧头,把薄板劈成长的板条,以便拿它们钉油毡,油毡太窄,只及窗口的一半。可是到哪儿去弄薄板呢?工地主任是决不会开条子让你领木板来安置烤火间的。队长环顾了一下四周，大伙也看了看周围，唯一的办法是，把通往第二层的扶梯上作栏杆用的那两块木板卸下来。这样一来，上去下来的时候就得小心，否则会摔下来的。可是又有什么办法呢？

10年中，犯人在劳改营里什么苦没有受过呢？不想受也得受。成天到晚受折磨，只有夜晚才是属于自己的。

这还不行，还挖空心思分什么生产小队。而且，这可不是外边的那种生产小队，在那里，伊万·伊万内奇的工钱是单独给的，彼得·彼得罗维奇的工钱也是单独给的。劳改营里的生产小队却是这样一种体制，不是上边来催促犯人干活，而是让犯人们彼此督促。这里就是这样：要么大伙儿都有点补贴，要么全体统统饿死。你不干活，坏蛋，而我却要由于你而饿肚皮不成？不行，快拼命干吧，臭尸！

而且还有比这阵子更紧张的时刻，不像现在还能坐会儿。不管愿意不愿意，反正你得加油干，动作要快。要是过两个钟头我们还不能为自己把烤火间弄起来，我们就他妈的统统会完蛋。

帕夫洛已经把工具拿来了，只等你去挑选。烟筒也找来了几节。虽说没有干铁匠活使用的工具，但却有一把钳工用的小锄头和一把小斧子。凑合着用也行。

舒霍夫把两只手套对着拍了拍，接着就开始安装烟筒，敲打着把一节节烟筒连起来。他拍拍这里，又敲敲那里（他即刻就把那把瓦刀藏在附近的一个地方。尽管小队里都是自己人，可偷换还是有可能的，就连基利季格斯也干得出来）。

于是，舒霍夫脑子里好像什么杂念也没有了。此时他既不去回忆也不去惦记什么事情，而一心只想怎样把烟筒接好和安好，以免漏烟。他派戈普奇克去找铁丝，用来吊住从窗户旁边伸出去的烟筒。

角落里还有一个矮炉子，炉子上伸出一个砖砌的炉台。炉子上放着一块铁板，把它加热就可以用来烘烤冻砂了。此时这个炉子已经生上火了，中校跟费丘科夫正在用抬箱往铁板上运砂。干这种活，不用动脑子。队长就是把这活儿派给了从前的两位首长去干。费丘科夫好像在什么机关里当过大头头，还是坐小汽车的呢。

初来的时候，费丘科夫甚至在海军中校面前翘过尾巴，不时对他吆喝。但有一次，海军中校狠狠地揍了他一顿，从此他们相互取得了谅解。

小伙子们都挤到烘砂子的炉子跟前，但是队长警告他们：

“哼，我可要揍人了，先把脑门子捂住吧！”

挨过打的狗，一见鞭子就害怕。严寒固然厉害，可队长更厉害。大伙又都各自干活了。

舒霍夫听见队长对帕夫洛悄声说：

“你留在这儿，看得严点。我现在去定百分比。”

百分比比活儿本身还起作用。一个聪明的队长，在活儿上所动的脑筋，远远比不上在百分比上所下的功夫。我们就是靠这一点才吃得上饭的。没干完的活，你要上报说已经干完；明明是轻活，你要说成是重活。作为一个队长，是需要有这方面的聪明才智的。这需要跟定额员串通一气。对定额员来说，这也是求之不得的。

可是仔细分析一下，这些百分比究竟是为了谁呢？为了劳改营。通过这种手段，劳改营可以从建设项目中捞到成千上万的额外收入，军官、看守们还可以得到奖金。正是由于这一点，沃尔科沃伊才拿起了鞭子。至于你呢——晚上多领到200克面包。200克面包能左右生活。靠200克面包能建成白海运河。

有人提来了两桶水，可水在半路上冻成了冰。帕夫洛认为没有必要再去提水。还不如直接化雪取水呢。他们把水桶放到了炉灶上。

戈普奇克弄到一些新的铝丝，就是用作电线的那种铝丝。他一本正经地说：

“伊万·杰尼瑟奇！这么好的线可以用来做勺子。教我浇铸一把小勺好吗？”

伊万·杰尼瑟奇喜欢戈普奇克这个机灵鬼（杰尼瑟奇自己的儿子小时候就死了，家里还有两个已经成年的女儿）。戈普奇克之所以坐牢，是因为他给躲藏在森林里的班德拉分子送过牛奶。给他判的刑期跟给成年人的一样。他是一头很讨人喜欢的牛犊，对所有的庄稼汉都很亲热。可他也很精：收到的邮包总是独自享受，常常在夜里嚼东西吃。

当然，那点东西也填不满大家的肚子。

大伙用铝丝做了一些小勺，藏在一个角落里。舒霍夫连接上两块板条，像做了一架绳梯，让戈普奇克顺着它爬上去吊烟筒。戈普奇克像松鼠一样灵活地爬了上去，钉好钉子，把铝丝套在钉子上，再吊紧烟筒。舒霍夫这会儿并没有偷懒，他往伸到外面去的那截烟筒上又加了一个拐脖。今天没有刮风，明天则可能起风，这样可以避免烟倒灌。应当明白，这炉子是为自己而安装的。

这时，谢尼卡·克列夫申已经劈出了一些薄板条。于是就叫戈普奇克这个小伙子去钉上。这小淘气立刻爬了上去，还在那里大声嚷嚷哩。

太阳升高些了，晦暗已被驱散，光柱也不见了，旭日闪出了红光。这时炉子里也用偷来的木柴生旺了火。还有什么比这更使人高兴的呢！

“1月里的太阳只能晒暖半边牛身子！”舒霍夫说。

基利季格斯已经钉完了灰浆槽子，他用手中的斧头敲了敲，大声说：

“喂，帕夫洛，就凭这件活，队长就该给100卢布，少了我不拿！”

帕夫洛直乐：

“你会得到100克。”

“检查员还会给你加一点！”戈普奇克从上面喊道。

“别剪，别剪！”舒霍夫叫了起来（因为油毡的剪法不对头）。

他比画了一下该怎么剪。

人们都挤到铁炉子跟前，帕夫洛把他们驱散。他派人去帮基利季格斯的忙，又派人去做盛灰浆的抬箱，好用来往上层运送灰浆。他还增派了两个人去抬砂子；又派人到上面去清除脚手架上的和砌体上的积雪；还把一个人留在大厅里，让他把铁板上的热砂铲到灰浆搅拌槽里去。

外面传来了马达的呼哧声，一辆汽车缓缓地逼近，运来了矿渣砖。帕夫洛立刻跑了出去，挥动着手臂指示矿渣砖应该卸往什么地方。

已经把第二块油毡与第一块拼合起来了。油毡到底能顶什么用呢？顶张纸——它不过是一张纸罢了。可毕竟像是一堵严实的挡风墙。大厅里暗些了，因此炉火显得更旺。

阿廖什卡把煤提来了。有些人对他喊：往炉子里添！另一些人则喊：别添，用柴火取暖更好！这使他左右为难，不知该听谁的。

费丘科夫在炉子旁边找了个地方坐了下来，这个傻瓜把毡靴也伸到炉火跟前去。海军中校抓住他的衣领把他揪了起来，并且往抬箱那边一推：

“运砂子去，混蛋！”

海军中校这个人，把劳改营的活儿看成在海上执勤一样，既然有命令叫干，那就意味着必须执行！近一个月来，中校瘦得厉害，可还在继续拉自己的套。

时间长也好，短也好，反正那3个大窗已被油毡堵上了。现在亮光只能从门那里透进来。冷风也从那里吹进来。帕夫洛吩咐人把门洞上半部分也堵上，只留下下半部分，这样，只要人把头低一下就能进得了门来。于是门洞的上半部分被堵上了。

这期间，已有3辆自卸卡车运来了矿渣砖，而且也都卸了车。现在的问题是，在没有升降梯的情况下，如何把它们运到上面去？

“瓦工们！咱们走吧，上去瞧瞧！”帕夫洛招呼道。

这可是受人尊敬的事情。舒霍夫、基利季格斯跟帕夫洛一起往上面去了。扶梯本来就窄，现在谢尼卡又把上面的栏杆拆去了，所以得紧靠着墙走，否则就有摔下去的危险。还有一点很糟糕的是，雪冻在扶梯踏板上，使踏板拱起来了，连脚也站不稳，怎么往上面运灰浆呢？

他们向两旁瞧了瞧，看到已经有人在用铲子从砖墙砌体上铲除积雪。瞧，就从这儿开始干吧。不过还得用斧子把旧砌体上的冰敲掉，用笤帚扫干净。

他们权衡了一下从哪儿供砖较好，接着又往下面观察了一番，也就得出了结论，认为要沿扶梯往上运砖，不如这样来得快些：让4个人在下面往脚手架上扔矿渣砖，由那里的两个人倒一下手，递到2层上，再由2层上的两个人运送。

顶上的风虽然不强，但吹个不停。开始砌的时候，一定很冷。不过砌过一阵之后，也就没什么了，可以站在砌体后面避风，会暖和得多。

舒霍夫抬头望了望天空，不禁为之惊叹，天空是清朗的，太阳差不多升到正午的地方了。最令人惊奇的是，干起活来时间过得真快！多少次舒霍夫都发现，在劳改营里，日子一眨眼就过去了。可是刑期本身，却好像一点也不动，根本不见缩短。

他们下来时，看见大伙都围在炉子跟前，只有海军中校和费丘科夫在抬砂子。帕夫洛大发雷霆，当即把8个人赶去弄砖，派两个人去往灰槽里倒水泥，跟干砂一起搅拌，还派一个人去弄水，一个人去搞煤。基利季格斯则对自己的一班人马说道：

“喂，小伙子们，得快把抬箱做好啊。”

“要不我去帮帮他们？”舒霍夫自己跟帕夫洛要活儿干。

“去帮吧。”帕夫洛点点头。

有人拿来了木桶，用以化雪水去和水泥。这时有人说，似乎已经12点了。

“没错，12点钟。”舒霍夫说，“太阳已在山口那里。”

“要是在山口那里，”海军中校搭腔说，“那就表明不是12点，而是1点了。”

“这是怎么回事？”舒霍夫十分惊奇，“老辈儿都知道，太阳最高的时候是在中午。”

“那是老辈儿的事！”海军中校断然说，“可是从有了法令以来，太阳最高的时候就是在1点钟。”

“这是什么人的法令？”

“苏维埃政权的！”

海军中校拿着抬箱出去了，再说舒霍夫也不愿跟他争论。难道说就连太阳也得服从他们的法令？

那边又敲敲打打地钉好了4只小小的木槽。

“好吧，让我们坐会儿，烤烤火。”帕夫洛对两个瓦工说，“而你，谢尼卡，午饭之后也砌墙。现在坐会儿吧！”

于是大伙儿也都合理合法地在炉边坐了下来。反正午饭前是不会开始砌墙的，而和灰浆也还不是时候，和早了会冻住的。

煤火渐渐旺了起来，此时正绵绵不断地散发出热来，不过，只有靠近炉边你才能感觉出来，整个大厅还像先前那样冷。

4个人都脱下了手套，把手伸到炉边烤火。

可穿着鞋的两只脚，无论何时都不能伸到离炉火太近的地方去，这一点是应当了解的。如果穿的是皮鞋，那么皮子就会烤裂；如果穿的是毡靴，那么靴子就会变潮、冒气，而你一点也不觉得暖和。可你要是再伸得离火近些，那鞋就会烧坏的。这样一来你就得穿着有洞的靴子越冬，休想领到另外一双。

“对舒霍夫来说，这有什么关系？”基利季格斯挑逗说，“哥儿们，舒霍夫的一条腿可快要迈进自己的家门了。”

“瞧，就是那条光脚丫子的腿呀。”有人补充了一句。大伙都笑了（此时舒霍夫已脱下了左脚上的那只烤热的毡靴，正在烤包脚布）。

“舒霍夫的刑期快满了。”

基利季格斯本人是被判了25年。要是像先前那样，命运也就好些，因为那时最多只判10年。然而从1949年开始就不同了，不管是什么情况，一律判25年。要是判10年，还不至于死，可以活着出去，若判25年，那还能熬到出去？！

使舒霍夫感到愉快的是，大家都那么指着他，说他的刑期快要满了，然而他自己并不十分相信。瞧，那些在战时[1]就已刑期满了的人，一直被关到1946年特赦时才释放。有的人刑期只有3年，结果却关了5年。所谓法律，也就是随心所欲。10年满了，还会告诉你，得再来上10年。要不就把你流放到别处去。

可有时候，一想到刑期快要满了，线团上的线

1　指第二次世界大战。

很快要倒完了，就会高兴得连气儿都接不上来……天哪！是用自己的两条腿在走，而且是在走向自由，是吗？

这一点，他并没有说出声来，作为一个老犯人，说出来是不怎么合适的。于是舒霍夫对基利季格斯说：

“你不必计较你那25年。要不要蹲25年，这还不一定。可我已经蹲了整整8年，这倒是真的。”

成天累得要死，使你简直没有工夫去想：到底是怎么被关了起来？怎样才能出去？

根据档案材料来看，舒霍夫坐牢是由于背叛祖国。他供认自己想背叛祖国，所以当了俘虏，至于何以被释放归来，则是因为完成了德国的侦察任务。到底是什么任务，无论是舒霍夫本人还是法院检察官，都想象不出来。所以只好就写上“任务”二字了。

在反间谍机关里，舒霍夫受了很多刑。那时舒霍夫的打算很简单：不在口供上签字，就只有死路一条；签了字，也许还能再活几天。于是他就签了。

而实际情况是：在1942年2月的西北战场上，他们全军被敌人包围，不仅得不到空投物资的支援，就连负责空投的飞机影子也见不到。最后到了这样的地步：把死马的马蹄切成薄片，在水里泡软了吃下去。弹药也用尽了。就这样，在森林里德国人追捕他们，一小股一小股地将他们俘虏了。舒霍夫和另外4个人一起被捉住，在森林里当了两天俘虏之后，他们5个人一起逃跑了。他们在森林里、沼泽地上乱窜，希望能奇迹般地回到自己人那里。不过，有两个人被冲锋枪手当场打死了，第三个人因伤重而死去，剩下他们俩总算跑了回来。要是聪明一点，就该说是在森林里周旋，那也就没事了。可他们很坦白，说是被德国人俘虏之后逃了出来。被俘之后逃了出来？？去你妈的！法西斯间谍！于是就关进了监牢。要是他们是5个人，那还可以核对一下口供，也许会相信他们的交代，可是只有他们两个人，所以怎么也不相信，说什么两个坏蛋，关于逃跑的事是串通好了的。

谢尼卡·克列夫申虽然耳朵有点聋，可还是听见了大伙儿在谈论被俘和逃出来的事，于是也大声说：

“我被俘之后曾逃跑过3次。3次都被抓了回去。”

谢尼卡这个很有耐性的人，通常都是默默不语，既听不见别人在说什么，也不去插嘴。所以关于他的事大伙儿了解得很少，只知道他在布痕瓦尔德集中营蹲过，还在那里参加过地下组织，为搞暴动而往营区里运过武器，还知道德国人怎样将他反剪着胳膊，吊起来用棍棒打。

“你，万尼亚，蹲了8年，可你蹲的都是什么样的劳改营呢?”基利季格斯又在抬杠，“你蹲的都是些普通的劳改营，在那里你们可以跟老婆在一起。你们身上没编上号码。可要是在这苦役营里，唉，你蹲上8年试试。还没有一个人蹲到期满呢。”

“跟老婆！……是跟棍棒在一起，而不是跟老婆……”

就是说，是跟木材打交道。

舒霍夫凝视着炉火，想起了在北方度过7年的情景。想起他怎样用木材运输车运了3年的原木和枕木。在伐木场上，不过不是在白天的，而是在晚上的伐木场上，篝火也跳跃着这种变化不定的火苗。上头有这样的规定：没完成当日任务的小队，晚上得留在森林里。

回到劳改营时已过了半夜了，可清晨又得到森林里去。

“不，不，哥们儿……其实，这儿还比较好过些，”

他喃喃地说，“这里按时收工就是法律。不管活儿干完没干完，到了时候都被赶回营区去。而且，100克以上的吃食也是有保障的。这里还活得下去。至于什么特别营，就让它特别好了，号码会碍什么事呢？那号码又没有什么分量。”

“什么比较好过些！”费丘科夫压低了嗓音说（正赶上休息的时候，所有的人都拥向炉子），“有的人在被窝里被杀死！什么比较好过些！……”

“杀的并不是一般人，而是告密的家伙！”帕夫洛举起一根手指，威胁费丘科夫。

的确，劳改营里出现了一些新鲜事。有两个众所周知的告密者，起床的时候被人杀死在板铺上。随后，又有一个无辜的苦役犯被杀，不知是弄错了地方还是怎么的。于是，有一个告密的家伙赶忙跑到劳改营监狱长那里去报告，监狱长把他藏进了石牢里。像这样的怪事在普通劳改营里是没有的。就是在这儿，过去也不曾有过……

突然，列车发电厂的汽笛响了。汽笛并不是立刻就放开喉咙响起来的，一开始声音有点嘶哑，仿佛是在清清嗓子。

半天打发过去啰！午休的时刻到了！

唉，错过了机会！就该早点去食堂排队。这个工地共有11个小队，可是食堂只能容纳两个小队。

队长还没有来。帕夫洛迅速扫了一眼，做出了决定：

“舒霍夫和戈普奇克跟我来！基利季格斯！我会派戈普奇克来叫你们，那时你就立刻把小队带去！”

炉边腾出的地方，马上就被别的人占了。他们团团围住那炉子，一个个都像要拥抱娘儿们似的，跃跃欲试。

“别迷糊啦！”大伙儿叫道，“抽烟吧！”

大伙儿相互望着，看谁开始抽烟。可是没有人抽，要么是没有烟，要么是强忍着，不想掏出烟来。

他们跟着帕夫洛走了出去。戈普奇克像只兔子似的跟在后面跑。

“暖和点了，”舒霍夫立刻断言，“不会低于零下18摄氏度。砌墙倒很合适。”

大家回头看了一下矿渣砖，小伙子们已把不少砖扔到脚手架上，有些已被运到楼板上，运往第二层上了。

舒霍夫还眯起眼睛观察了一下太阳，看看是否符合海军中校的法令。

外面是风的广阔天地，可还是感到它阵阵劲吹，刺痛肌肤。不要忘记，这到底还是1月的天气啊。

工地上的厨房是一座用薄木板钉起来的很小的房子，为了遮住缝隙，木板外面还钉了一层生了锈的白铁皮。房子里面用隔板一分为二，一边是厨房，一边是食堂。但是厨房与食堂一样，都没铺地板，脚把泥地踩成什么样子就是什么样子，所以到处都坑坑洼洼，七高八低。至于整个厨房，不过是一个方形的炉灶而已，灶上固定着一口铁锅。

这个厨房配备有两个人——炊事员和保健员。早上，犯人们一走出劳改营，炊事员就到营里的大厨房去领米。每个干活儿的大约是50克，一个小队约1 000克，整个工地的人还领不到一普特。炊事员连3 000克重的米袋也不亲自提，而让帮厨的去拿。与其让自己弯腰出力，不如从苦役犯的口粮里多分出一份给帮厨的，让他去干。连提水、搬劈柴、生炉火这些事情，炊事员也不动手，同样是让那些身体虚弱的苦役犯去做，最后，慷他人之慨，让他们每人多吃一份。食堂里还有一个规定，就是吃饭时不得离开食堂，因为饭盆也是从劳改营里领来的（不能留在工地内，否则夜间会被工作人员偷走），而领来的饭盆顶多不超过50个，所以洗刷和周转都要快些（收拾饭盆的人，也额外多得一份吃的）。为了防止有人把饭盆带出食堂，还专门派一个帮厨的把守门口：不许把饭盆带出去。但是，无论怎样监视，还是有人带走了，有的借故哄你，有的打马虎眼。因此，还得专门派人到整个工地现场去搜罗，把找到的那些肮脏的饭盆再搬进厨房里去。结果是，这个人多得一份，那个人多得一份。

需要炊事员亲自动手的也就只有这样的事情了：往铁锅里倒米和撒盐；分油，即把往锅里放的油和留给自己的油分开（好油是到不了苦役犯们嘴里的，往锅里放的全是劣质油。所以犯人们巴不得仓库里发放的油全是劣质的）。再就是不时搅一搅锅里的粥，看熬好了没有。而那个保健员，连这样的事情也不做，他只是坐着看。粥熬好了，马上就得端给保健员，让他吃得饱饱的。炊事员自己也敞开肚皮吃。这时值班队长也会走来（值班队长每天一换）尝一尝粥，仿佛是检查一下能否用这样的粥去给苦役犯们充饥。

由于值班，这队长吃到双份，因为小队里也会给他留的。

汽笛响了。各个小队的人鱼贯而入，炊事员把盛着粥的饭盆从小窗口一份份地递出来，至于盆底有多少米，你既不能问，也不能称，只要你问一句，就准会让你挨一顿臭骂。

风在空旷的原野上呼啸，夏天刮干燥的风，冬天刮凛冽的寒风。在这样的荒野上是什么也不生长的，而在这块四周都安上了铁丝网的地方，更是草木不生。面包是从一台切面包的机器里长出来的，燕麦则是从一座粮仓里长出来的。在这里，哪怕你累断了腰，不顾死活地干，从地里也打不出一粒粮食。上头批给你多少，你就得多少。然而，还有炊事员、帮厨的和帮忙干杂事的傻瓜蛋们在背后揩油，七折八扣，你吃到嘴里的就还要少。这里偷风很盛，工区里也偷风很盛，先前在仓库里也发生过偷窃的事。这些偷东西的人，都不是抡大镐的苦役犯。而你，只管干活好了，给你什么就拿什么，拿完就离开窗口。

能治别人的人，总是揩别人的油。

帕夫洛跟舒霍夫和戈普奇克一起走进了食堂，

那里简直是人贴着人在排队，无论是矮桌子还是矮条凳，都被人们的脊背遮得看不见。有的人坐着吃，但大多是站着吃。刨了半天坑也没地方避避风的82小队，汽笛一响就抢先来占好了位子。这会儿他们已经吃完了饭，可是还没有离去，因为没地方可去。尽管别人在骂他们，可他们还是无动于衷，这样总比在外面挨冻要好受些。

帕夫洛和舒霍夫用胳膊肘开路往里挤。他们来得正好：一个小队正在领粥，排着队的只有一个小队了，也是小队副站在窗口那里。这就是说，其余的人都将排在我们后面。

“饭盆！饭盆！”炊事员在小窗口那里喊，于是有人把饭盆从小窗口塞给他，舒霍夫也搜罗了一些递进去，他倒不是为了多得一份粥，而是为了能够快些。

此时，那些为了多得一份粥的帮厨的人，还在隔板后面洗饭盆。

排在帕夫洛前面的那个小队副开始领粥了，帕夫洛隔着后面的人头喊：

“戈普奇克！”

门外传来一声“我！”这清脆的声音有如小山羊

发出来的。

“去把小队的人叫来！”

他跑去了。

重要的是今天的粥好。最好的粥是燕麦粥，这种粥并不常有，多半是一天两次小米粥或者面糊。燕麦粥里，麦粒之间是黏稠的糊糊，很管饱，因此很宝贵。

舒霍夫年轻时用燕麦喂马，根本没有想到有朝一日还会为这一小把燕麦而整个心灵痛苦不堪！

“拿饭盆来！拿饭盆来！”有人在窗口里喊。

马上就轮到104小队了。排在前面的那个小队副，用自己的饭盆领到“队长的”双份，于是就离开了窗口。

这同样是对苦役犯们的克扣，不过谁也不会出来反对。对每个队长都给那样的双份，他愿意吃就自己吃，给小队副也行。丘林把这一份送给了帕夫洛。

此时舒霍夫的任务是这样的：挤到一张桌子跟前去，赶走两个想找点东西吃的可怜虫，客客气气地请一个苦役犯离开，腾出能摆12个饭盆大小的桌面来（如果一个挨着一个，上面可码第二层，能摆上6个，顶上还能再码两个），这时他就该接帕夫洛递过来的饭盆了，并且跟着他计数，还得留心瞅着，防止别人从桌子上顺手牵羊。他还得注意别人的胳膊肘，免得把粥碰翻。旁边总是不断有人从凳子上迈来迈去，钻进钻出，或坐下吃粥。他还得盯上一眼，看他们吃的是他们自己的那份粥，还是吃的我们的。

“二！四！六！”炊事员在小窗口里面数着数。他每次都是两只手端出两份来。这样他好数一些，一份一份地端会数错。

“二，四，六。”帕夫洛望着小窗口，对他小声数着，然后就马上两份两份地递给舒霍夫，舒霍夫便往桌子上放。舒霍夫并没出声地去重复数数，可心里比他们数得还清楚。

“八，十。”

基利季格斯怎么还没把小队的人带来呢？

“十二，十四……”还在往下数。

这时厨房里饭盆不够用了。舒霍夫从帕夫洛的头上和肩上望过去，看得见炊事员把两手端的两份粥放在小窗口那里，不过手还把着饭盆，只是停了下来，似乎在考虑什么。大概他是转过身去在骂洗碗的人。可就在这时，有人往小窗口给他递去一小摞空饭盆。

他把那两份粥往旁边推了推，接过这摞空饭盆传到后面去。

舒霍夫即刻把手中高高的一摞饭盆放到桌子后面，一条腿从凳子上迈过去，伸手去取那两份粥，而且，仿佛不是对炊事员，而是对帕夫洛，声音不太高地重复说：

“十四。”

“慢着！往哪儿拿呢？”炊事员吼了起来。

“是我们的，我们的。”帕夫洛肯定地说。

“是你们的倒是不错，只是数不能数错！”

“是十四呀。”帕夫洛耸了耸肩膀。他本人是不会去瞅上那两份粥的，不过，作为一个小队副，他必须保持自己的威信，况且他是跟着舒霍夫重复了一遍，必要时可以往舒霍夫身上推。

“我已经数过‘十四’了！”炊事员火冒三丈。

“是啊，数是数过了！可是手还把着没给呀！”舒霍夫提高了声音，“去数数好了，不是不信吗？瞧，所有的粥都放在桌子上！”

舒霍夫对炊事员大声嚷嚷，不过他已发现两个爱沙尼亚人挤到了他身旁，于是就顺手把两份粥递给了他们。他还来得及转回桌边，来得及点了一遍，粥全在，邻桌的人并没有吃完了再偷什么，而这种事是经常发生的。这时炊事员那涨红了的脸已在小窗口那里完全显露出来。

“饭盆都在哪儿？”他厉声问道。

“瞧，都在这里！”舒霍夫大声说，“请闪开点，老朋友，别挡住了！”他推了推身边的一个人说。“这是两份！”他把第二层上的两个饭盆举得高高的。“这儿共3排，每排4份，整整齐齐，数数好了。”

“可小队的人怎么还没有来？”炊事员以怀疑的眼光从窗口那一小块空间往外看了看，窗口之所以做得那么窄小，是为了不让食堂里的就餐人员往里窥见铁锅里还剩多少。

“不知怎么还没来。”帕夫洛摇了摇头。

“既然小队的人还没有来，你们干吗占着饭盆？”炊事员暴跳如雷。

“瞧，瞧，小队来了！”舒霍夫叫了起来。

这时，大家都听见门外海军中校的吆喝声，他就像是从舰长指挥台上那样发话道：

“都挤在这儿干吗？吃完了就出去！让别人往

里进！”

炊事员又嘟囔了一阵，随后直起了腰，他的两只手就又出现在小窗口。

“十六，十八……”

他盛完最后的两份便说：

“二十三。齐了！下一个！”

小队的人都往里挤，帕夫洛从坐着的人们头上把粥递给他们，放到第二张桌子上。

要是在夏天，每条长凳上可以坐5个人，可现在大伙儿都穿得很臃肿，只能容下4个人，即使这样，使起勺来也有点不大方便。

舒霍夫心里在盘算，多弄来的两份粥，至少该有他一份，于是连忙着手吃自己的那份用血汗挣来的粥。为此，他把右膝抬向腹前，从靴筒里拔出注有“乌斯季-伊日玛，1944”字样的那把小勺，摘下帽子，夹在左腋下，然后便用小勺沿饭盆边上刮了一下粥。

此刻应该把整个心思都放到吃上，一定要把粥的那层薄薄的表皮揭下来，小心翼翼地送到嘴里，再转动舌头慢慢品味。可是他不得不快点吃，以便让帕夫洛瞧见他已经吃完了，好再叫他吃另一份粥。不料跟两个爱沙尼亚人一起进来的费丘科夫，一下就看出多弄来了两份粥，于是他索性在帕夫洛对面站着吃，眼睛不时去瞟那剩下的属于小队可是还没被人拿走的四份粥。他想暗示帕夫洛，也该给他，即使不给整份，也得给半份。

然而，面孔黝黑的年轻的帕夫洛，正平心静气地在吃自己的双份粥，从他的面部表情根本看不出他是否知道谁站在他身旁，以及是否还记得那多出来的两份粥。

舒霍夫已经把粥吃完了。因为他一开始就敞开肚皮吃，准备让自己的胃接受两份粥，所以一份粥下肚之后，并不像以往每次吃燕麦粥一样觉得饱。这时，舒霍夫把手伸进贴身衣服的口袋里，把包在白布头里的那块没有冻硬的半圆形面包皮取出来，小心翼翼地用它去抹沾在盆底和盆边上的燕麦粥糊，抹到面包皮上之后，就用舌头去舔，然后再抹，再舔。最后，饭盆像洗过那样干净，连一点粥的痕迹都没有。他从肩顶上把饭盆递给了收碗的人，拿着摘下的帽子继续坐了一会儿。

尽管两份粥是舒霍夫弄来的，可还得由小队副来做主。

帕夫洛还磨蹭了一会儿，才算吃完了自己的粥，不过他没舔饭盆，只把小勺舔了舔，收藏起来，画了个十字。只在这时他才轻轻碰了碰（饭盆挤得很紧，很难移动）四份粥中的两份，似乎就以这种方式将它们交给舒霍夫。

“伊万·杰尼索维奇，一份你自己吃，把另一份送给采扎尔。”

舒霍夫明白，应该把一份粥给采扎尔送到办公处去（不管是这儿工地上的还是劳改营里的食堂，采扎尔都从来不屈身涉足），他明白这一点，然而当帕夫洛的手同时触及那两份粥的时候，舒霍夫的心一下子紧缩了起来：帕夫洛会不会把多出来的两份粥都给他呢？现在他的心即刻又恢复了正常的跳动。

他马上俯身去吃自己的这份名正言顺的所得，吃得很专心，连新进来的别的小队的人碰他的背，他都没感觉到。他唯一感到不安的是，另一份粥是否会给费丘科夫。费丘科夫一向像胡狼一样贪婪，可他还没有勇气张口要那份多出来的粥吃。

……海军中校布伊诺夫斯基就坐在他们旁边的

那张桌子后面。他早就把自己的那份粥吃完了。他并不知道小队里还有多余的粥，而且也没有看小队副那里还剩有几份。他只是感到疲倦乏力，身上虽然暖和了过来，但却没有力气站起来，去那严寒的露天处或者去那阴冷的、毫无暖意的烤火厅。此时，他就占着这里的一个不合法的位子，妨碍新进来的小队吃饭，就像5分钟以前他扯着大嗓门赶开的那些人一样。他是前不久来劳改营的，前不久才来干这种苦活。像眼下这种时刻（这他还不知道），对他来说尤其重要，因为这种时刻使他从一个威严的和声音洪亮的海军军官变为一个行动滞缓、谨小慎微的犯人，而且只能靠这种滞缓来熬过他25年的监禁生活。

……人们冲着他嚷嚷，推他的背，叫他腾地方。

帕夫洛说：

“喂，中校，你听见了吗？”

布伊诺夫斯基哆嗦了一下，如梦初醒，看了看周围的人。

帕夫洛没问他想不想要，就把粥递给他。

布伊诺夫斯基扬起了眉毛，眼睛瞧着粥，就像看一件从未见过的珍品。

“拿去吧，拿去吧。”帕夫洛安慰他说，随即端起留给队长的那最后一份，离开了。

这位环绕过整个欧洲并在北极航线上航行过的海军中校，咧了咧干裂的嘴唇，露出内疚的微笑。于是，感到幸福的他，便俯身去吃那份没有盛满的燕麦稀粥，里面一点油水也没有，只是用燕麦和清水煮的。

费丘科夫恶狠狠地瞧了舒霍夫一眼，又瞧了中校一眼，就离开了。

在舒霍夫看来，把这份粥给中校是对的。总有一天中校也会学会生活，可他现在还不会。

舒霍夫还怀着一线微弱的希望：采扎尔会不会把自己的这份粥送给他呢？按说是不会给的，因为采扎尔已有两个礼拜没有收到邮包了。

舒霍夫同样舔完了第二份粥的粥底之后又用面包皮去揩饭盆，也同样是一次次地把揩在面包皮上的粥舔干净，最后连面包皮也吃了。在这之后，他端起采扎尔的那份放凉了的粥就走了。

“到办公处去！”他把站在门口不许带饭盆出去的那个帮厨的推到了一边。

办公处在岗楼附近，是一座木头房子。那里的烟筒直到现在还跟早上一样在冒烟。办公处由值班员管炉子，值班员同时也是勤务员，是上面临时指派的。办公处烧起板片和木柴来是毫不心疼的。

舒霍夫嘎吱一声推开了门斗的门，接着又推开一扇包着麻絮的门，进去时放进了一股冷气，他即刻把身后的门关上了（关得很快，免得有人冲着他喊："唉，你这笨蛋，把门关上！"）。

一进办公处舒霍夫就觉得很热，像进了澡堂似的。透过薄冰已经融化了的窗户往外看，太阳已不像在热电站上空那么阴沉，而是现出了愉快的笑脸。采扎尔在抽烟斗，喷出的烟雾像教堂里的神香，渐渐消散在光线之中。炉子整个儿都烧得通红，这些笨蛋，就那么猛烧，连烟筒都烧红了。

在这么暖和的地方，只要坐上一会儿，马上就会睡着的。

办公处有两个房间。第二个房间就是工地主任的房间，门没有关严，从那里传来工地主任嚷嚷的声音：

"我们在工资基金方面已经超支了，建筑材料方面也超支了。贵重的板材，更不用说那些拼板了，都被你们那里的犯人劈成劈柴拿到烤火间去烧了，可你们什么也没看见。而最近几天，犯人们就在大风中往仓库附近卸水泥，而且还用木斗抬了10米远，就这样，仓库周围的整个场地上都有齐脚踝深的水泥，收工时干活的人身上的黑衣服都变成灰色的了。损失了多少！”

这就是说，工地主任那里有会议。大概是召集工长们在开会。

靠近门口的角落里，值班员懒洋洋地坐在一张方凳上。还有什库罗帕琴科，Б-219，他是个细高挑儿的独眼人，正斜着一只眼睛盯着窗口，即使是此刻他也不放心，怕有人偷他的建筑材料。这个大叔还要为丢失油毡惊叹一阵呢。

两个会计也是犯人，正在炉子上烤面包。他们把面包夹在用铁丝做的夹子里，以免烤焦了。

采扎尔坐在桌旁，懒洋洋地抽着烟斗。他是背对着舒霍夫的，所以没看见他。

坐在他对面的是X-123，一个骨瘦如柴的老头，被判了20年徒刑。他正在吃粥。

“不，老兄，”采扎尔一面抽着烟，一面和缓地说，

“客观上得承认，爱森斯坦[1]是有才气的。《伊凡雷帝》难道不是一部天才的电影？有戴假面具的禁卫兵们的狂舞！还有大教堂里的那个场面！”

“纯属歪曲！”X-123举到嘴边的小勺停住了，他生气地说，“那么多虚假的东西，简直不成其为艺术。辣椒加罂粟花代替了赖以生存的面包！尤其是那极为可憎的政治思想——为暴君的专制统治辩护。这是对三代俄罗斯知识分子的记忆的嘲弄！”（他不辨味道地在吃粥，这粥对他就没什么益处了。）

“如果不这样拍片，难道能通得过吗？……”

“噢，无非为了通得过是吗？那就别提什么天才！就该说是马屁精，在按狗的旨意行事。天才是不会去迎合暴君的口味的！”

“嗯，嗯……”舒霍夫清了清嗓子，担心会打断这场颇有学问的谈话。可他又不能总是站在那里。

采扎尔回过头来，伸手接过粥，对舒霍夫连看都没看一眼，似乎那粥是自己从空中飘来的，他仍固执己见：

1 爱森斯坦（1898—1948）：苏联著名电影导演与理论家。

“不过请听我说，所谓艺术，不是指表现什么，而是如何表现。”

X-123激愤地拍着桌子说：

“算了吧，要是不能在我身上唤起那些美好的感情，那就去他妈的‘如何表现’吧！”

递过那份粥之后，舒霍夫又站了一会儿，直到不便于再站下去为止。他是在等，不知采扎尔会不会请他抽口烟。可是采扎尔根本不记得他还站在背后。

于是舒霍夫便转身不声不响地走了。

没什么，外面还不算冷得要命。今天砌墙当会顺利。

舒霍夫走的是一条小路，他看见雪地上有一截废弃的钢锯条。虽然他还拿不准这截锯条对他有什么用处，但日后自己究竟用得着什么是很难预料的。他把这截锯条捡了起来，放进裤子口袋里，打算带到热电站去藏起来。善于储存东西的人比富有者还高明。

来到热电站之后，他首先就去取出藏着的那把瓦刀，顺手将它别进束腰的绳带里。随后他就钻进和灰浆的那间屋子里去了。

从有阳光的室外进来，他觉得特别晦暗，而且也不比室外暖和。似乎有点潮湿。

大伙儿围在舒霍夫安装的那个圆炉子旁边，围在冒着气烘烤砂子的炉台旁边。有的人在炉边没有找到地方，就坐在灰浆槽的边框上。队长坐在炉子紧跟前，快把粥吃完了。这份粥是帕夫洛为他在炉子上热过的。

人群里传出一片絮语声。大伙儿都很高兴。有人悄声告诉伊万·杰尼瑟奇：队长争取到一个好的百分比，高高兴兴地回来了。

他在那儿已经找到了一种可以上报的工作，至于什么工作，那是他队长的事情，靠的是聪明的头脑。就拿今天来说，上半天都干了什么呢？可以说什么也没干。安炉子是不给报酬的，整顿烤火间也是白干，因为那是为自己，而不是为生产。可是派工单上总得填写点什么。也许，为派工的事采扎尔还在替队长动脑筋呢，队长看重他并非没有缘由。

"争取到一个好的百分比"，这意味着可以领到5天的好口粮。5天，其实不是5天，而只是4天，因为5天当中有一天上边不执行，这一天无论是干得好的还是干得差的小队，全劳改营都要在生活上拉平。似乎没有人受委屈，因为大家得到的都一样，只不过是从我们的肚皮里省出来的。算了，犯人的肚子是什么都能忍受的：今天将就一下，明天再饱吃一顿。全营拉平的这一天，犯人们就是怀着这种想法入睡的。

不过总得安排一下，干5天活，可只有4天的饭吃。

小队的人都静下来了。有烟的人在默默地抽烟。人们聚在这晦暗中，凝视着炉火。这就像一个大家庭似的。实际上，一个小队就是一个家庭。队长坐在炉边跟两三个人聊天时，他们都在听。队长轻易不开口，可如果打开了话匣子，那就是说，他情绪很好。

安德烈·普罗科菲伊奇也不习惯戴着帽子吃饭。不戴帽子，他的头部就显出了老态。跟大家一样，他的头发也剃得很短，可在炉火的映照下，可以看到他的灰发中间夹杂着不少白发。

"……即使在营长面前我也会发抖，何况那还是个团长！'红军战士丘林奉您的命令……'他那深藏在浓眉下面的眼睛盯着我说：'名字叫什么，父称是什么？'我说了。'哪年出生？'我也说了。当时是1930年，我还只有22岁，不过是只小牛犊。'听着，丘林，你是在为谁干事？''我为劳动人民服务！'他即刻火冒三丈，两只手同时往桌子上一拍说：‘你为劳动人民服务！可你自己是什么人呢，混蛋？！’就这样，我一下子不知所措了！……但我还是镇定下来说：‘我是头号机枪手，优秀战士，政治上……’‘王八蛋，你算是什么头号？你父亲是个富农！瞧，这就是你们石头村寄来的证明信！你父亲是个富农而你躲走了，找了你一年多了！’我顿时脸色煞白，不敢吭声。为了不让人找到我的行踪，我已有一年多没往家里写信了。家里的人是否还活着，我一点都不知道，家里也不知道我的下落。‘你还有什么良心！’他吼叫着，连领章上的4条横杠也在颤动。‘想欺骗工农政权吗？’我当时想，他马上就要揍我了。可是他并没有动手。他签发了一道命令：6小时之内赶出军营大门……而外面正是11月的天气。他们剥下我身上穿的冬季军装，只给了一套单衣、一双回收过两次的袜子和一件又短又小的军大衣。我那时真傻，不知道衣服可以不交，等以后寄回去……他们还把这样一张可恶的证明塞到我手里：‘作为富农之子……已被开除军籍。’我就带着那张唯一的证明去谋生了。我得坐4昼夜的火车，可他们不给我发乘车证，就连一天的口粮也不给。让我吃了最后一次午饭后，就把我撵出了军营。

“……顺便说一句，1938年，在科特拉斯流放转押站上，我碰见了原先的排长，他也被判了10年。我从他那里得知：那个团长和政委在1937年双双被枪毙了。不知他们是无产者还是富农，也不知他们是否还有良心……我在胸前画了个十字说：‘你毕竟还在，上帝啊，在天上。你久久地忍耐，终于要严惩了。’”

两份粥下肚之后，舒霍夫特别想抽口烟，不抽简直难受得很。他想先借一点，等向7号营房的那个拉脱维亚人买两杯他家自制的烟叶之后再还，舒霍夫对那个先前是渔民的爱沙尼亚人悄悄说：

“喂，艾诺，借给我一点烟叶，卷支烟抽，明天就还你。要知道，我是不会骗人的。”

艾诺盯着舒霍夫的眼睛瞧了瞧，之后又不慌不忙地看了看他那所谓的兄弟。他俩什么东西都是平分的，连一支烟卷也不会独自一人去抽。两个人叽里咕噜商量了一阵，艾诺才掏出一个用粉红粗线绣的荷包。他从那荷包里捏出一小撮机制烟丝放在舒霍夫的手心里，估了估，又加了一些。不多不少刚刚够卷一支烟。

舒霍夫手头还有一小块报纸。他撕下一窄条,卷好了烟卷,捡起滚到队长脚前的一个煤火块,也就吸了起来!他慢慢地吸了一口!这口烟流遍了他的全身,甚至使他从头到脚都似乎有了醉意。

他刚刚开始抽,可是已有一对绿色的眼睛隔着整个灰浆槽子盯住他了:这是费丘科夫。他本可以可怜可怜这头胡狼,给他抽几口,可是舒霍夫看见他今天已经揩过别人的油了。还不如留点给谢尼卡·克列夫申抽抽,队长在那里讲什么他没听见,这苦命人只是坐在炉火跟前,脑袋耷拉到一边。

队长那有麻点的脸被炉火映照着。他毫不悲痛地讲述着,仿佛事情与自己无关:

"我把身边的破烂儿卖给一个收旧货的,只卖了四分之一的价钱。我买了两个黑市面包,因为那时已经实行了凭证供应。我想搭货车走,可是颁布的法令却严酷无情:爬货车者,当即处决……至于火车票,谁还会想到它呢,即使有钱也买不到,何况没有钱。所有车站的广场上都铺满了庄稼人的皮袄。上不了火车的人在那里饿得奄奄一息。都知道火车票卖给谁了:保安局的人,军人,因公出差的人。站台也进不去,所有的门都有警察把着，车站的两边都有警卫巡逻。冷漠的太阳渐渐落下去了，水洼也都结冰了，到哪儿去过夜呢？……我带着两个面包爬上一堵光溜溜的石墙，接着就跳了过去，跳进了站台上的厕所间。在那里待上一会儿，谁也不会撵你走。然后我像一个乘客、一个军人那样走出来。铁道上恰巧停着一列从符拉迪沃斯托克（海参崴）开往莫斯科的火车。一大堆人在灌开水，他们的饭盒相互往对方的脑袋上碰。有个穿蓝上衣的姑娘，手提一只容量两升的水壶，转来转去，不敢走近锅炉。她的两只脚很秀气，大概她怕烫着或者怕踩着。'来，你拿着我的面包，'我说，'我这就去给你灌开水！'我正在灌开水的时候，列车开动了。她手里捧着我的面包直哭，她倒是愿意不要水壶了，可不知这面包该怎么办。'快跑，你快跑，'我喊，'我马上就追上你！'她在前面跑，我紧跟在后面追。终于追上了，我一手把她扶上车，自己还追着列车跑！接着，我也跳上了踏板。乘务员既没打我的手指头，也没朝我胸前推，因为车厢里还有另外一些士兵，他把我跟他们搞混了。"

舒霍夫碰了碰谢尼卡的腰：拿去抽了吧，唉，真是个什么也捞不到的人。他把自己的木烟嘴也一起递给了谢尼卡，让他咂巴咂巴好了，不碍事。谢尼卡这个古怪的人，像个演员似的，手按着心房直点头。唉，能要求这个聋子什么呢！……

队长还在讲：

“总共6个姑娘，她们是实习回来的列宁格勒大学生，坐在车厢的一个包房里。小桌上摆着她们带的黄油和其他吃食，挂在钩子上的雨衣摇晃着，每个小箱子都罩着布套。她们前进在生活的近旁，一路是绿色的信号灯……她们聊天，开玩笑，一起喝茶。而您，她们问，是从哪个车厢来的？我叹了一口气，坦率地说：我嘛，姑娘们，来自那个你们可以活而我只能死的车厢啊……”

和灰浆的大厅里寂静无声。炉火正旺。

“她们又惊讶，又叹息，商量来商量去……最终让我躺在顶层行李架上，用雨衣将我盖住。那时的乘务员都带有国家安全部的秘密任务，主要不是查票，而是查人。姑娘们把我藏着，一直带到新西伯利亚……顺便说一句，其中有一位姑娘，我后来在伯朝拉[1]对她

1　指俄罗斯伯朝拉河附近的一所劳改营。

表示了感激：1935年她卷进基洛夫案件的浪潮[1]里，落进普通劳改营，我把她安置在缝补组里。”

“要和灰浆了吗？”帕夫洛小声问队长。

队长没有听见。

“夜里，我穿过一块块菜园地溜进家里。父亲已被驱逐了，母亲带着几个孩子在等候押送。关于我，家乡已收到电报，村苏维埃正在搜捕我。我们一家人都吓得浑身发抖，不敢点灯，就那么贴着墙根坐在地上，否则，在村里走来走去的积极分子们会透过窗户发现我。我当夜就离开了家，带走了一个小弟弟，把他带到暖和的伏龙芝市。我没法养活他，自己也没有吃的。在伏龙芝，我看到有人在大铁锅里熬沥青，周围坐了一帮流浪汉。我凑过去坐在他们旁边：‘喂，穷哥们儿！把我的弟弟带去吧，当个徒弟，教教他怎么生活！’他们就收留了他……我真后悔自己没跟他们一起去……”

“后来您再也没见到您弟弟吗？”海军中校问道。

丘林打了个哈欠。

1 原指基洛夫遇刺后的大逮捕。

“没有，再也没见到。”他又打了个哈欠，说道：“好啦，别难过，伙计们！在热电站我们也会住惯的。该谁去和灰浆了，开始干吧，不必等汽笛响啦。”

瞧，这个小队就是这样的。上边即使是在上工的时候也催不动苦力去干活，而队长哪怕是在休息的时刻说一声干，大伙儿也会马上去干。因为大伙儿都靠队长吃饭。队长也并非无缘无故下令去干。

要是等汽笛响了再开始和灰浆，瓦工们岂不要停工待料？

舒霍夫舒了口气，站起身来。

“该去把冰敲掉了。”

他随身带了一把敲冰用的小斧头和一把小笤帚，为了砌墙，他还带着瓦工用的小锄头、标尺、线绳和铅锤。

面颊绯红的基利季格斯瞧了舒霍夫一眼，做了个鬼脸，似乎说，干吗要比队长先跳出来呢？是的，基利季格斯不会动脑子去想小队靠什么维持生活，因为他这个秃鬼，即使拿不到200克的面包也没关系，他靠邮包也能对付过去。

不过基利季格斯还是站了起来，他想通了，不能因为自己而耽误全队。

“等一等,万尼亚,我也去!”他招呼道。

别提了,这个胖脸蛋,要是给自己干活,还会再早点爬起来呢。

(舒霍夫之所以匆忙,还因为他想比基利季格斯先拿到铅锤,那铅锤是从工具房里领来的。)

帕夫洛问队长:

“3个人砌吗?还缺个人吧?灰浆供得上吗?”

队长皱起眉头,沉思了一会儿。

“第4个我自己来,帕夫洛,你就留在这里,负责灰浆!灰浆槽子很大,派上6个人,这么干:从这半边取和好了的灰浆,那半边再和新的。一分钟也不许给我闲着!”

“太好了!”帕夫洛一跃而起,这年轻小伙子血气方刚,还没被劳改营推垮,乌克兰的面疙瘩使他吃成了个大脸盘。“要是您亲自砌,那我就来管灰浆!让咱们看看谁干得棒!那把最大的铁锹在哪里?”

瞧,这小队就是这样的!帕夫洛过去在森林里打暗枪,夜里到各处去搞袭击,能想象他如今会在这里弯腰干活吗?不过为队长干,这是另一回事!

舒霍夫与基利季格斯走出来，到上边去了，他们听见谢尼卡也跟在后面来了，踩得扶梯轧轧作响。这聋子猜到了有他。

二楼上的墙只砌了个开头，整个一圈都砌了3层砖，个别地方还稍稍高些。从膝盖到胸部这段高度的砌墙活儿，干起来最方便，不用脚手架。

原先这里的脚手架和叉形支架都被犯人们拆走了，有的拿到别的建筑物那边去了，有的烧了，只要不落到别的队手里就行。现在使把劲干，明天就得把叉形支架钉好，不然我们就会窝工。

从热电站顶上望得见很远的地方：一片白雪覆盖着的荒凉的工区（汽笛响之前，犯人们都躲着烤火），晦暗的岗楼和拉上了铁蒺藜的尖桩子。铁蒺藜在向阳处望得见，而在背阴处就看不见了。阳光很强，使你睁不开眼睛。

再远一点，就可看到列车发电厂。瞧，它正冒着烟，把天空也熏黑了！它似乎困难地呼吸着。汽笛响之前，它总是发出那种病态的呼哧声。听，汽笛响了。我们没多干多少活儿。

“喂，斯达汉诺夫工作者！你倒是快点把垂直线吊好呀！”基利季格斯催促说。

“瞧你那截墙上的冰有多少！你要等到傍晚才敲冰吗？那瓦刀你算没白拿上来哟。”舒霍夫嘲笑他说。

他们本打算按午饭前分配的位置继续砌墙，可这时队长在下面喊道：

“喂，伙计们！咱们就两个人一起干吧，免得灰浆在槽子里冻住。舒霍夫！让克列夫申跟你一起砌，我跟基利季格斯一起。这会儿叫戈普奇克替我在基利季格斯那儿把墙清理干净。”

舒霍夫跟基利季格斯交换了一下眼色。的确，这样更顺手麻利些。

于是他们都拿起了斧头。

舒霍夫再也看不见远方那覆盖着白雪的阳光耀眼的湖泊，也看不见苦役犯们怎样从烤火间里出来向工区各处蹒跚走去，他们有的去挖上午尚未挖完的坑，有的去加固钢架，有的去架厂房的人字梁。舒霍夫看到的只是自己要砌的墙——从左边比腰还高的台阶形的墙体开始，直到右面拐角处与基利季格斯的墙体衔接。他指点谢尼卡该砍哪儿的冰，自己也起劲地干，时而用斧背，时而用斧刃砍起冰来，冰碴四处飞溅，也溅到脸上，这活儿他干得真是得心应手，但却什么也不想。他的两眼和全部思绪都透过冰屑贯注到正在砌的墙上，集中到热电站正面这两矿渣砖厚的墙上。这个地方的墙原先是舒霍夫不认识的一个瓦工砌的，那人不是不会砌，就是马虎，不过现在舒霍夫已经习惯于这面墙了，就像习惯于自己砌的墙一样。瞧，这里凹了下去，砌一层砖是难于找平的，要3层砖才行，所以此处的每一层砖下面都得铺较厚的灰浆。瞧，这里的墙出现了鼓肚，要砌两层砖才能矫正过来。于是他以一个不太明显的记号把墙分开：向左到台阶形开头的地方，由自己砌；向右到与基利季格斯相接的地方，由谢尼卡砌。在那拐角的地方，舒霍夫估计基利季格斯会忍不住替谢尼卡砌几块砖的，这样，谢尼卡的活儿就会轻一点。趁他们在那墙角细心衔接的时候，舒霍夫就会赶着多砌半面墙，以免自己这一班儿落后。他在哪儿要砌多少砖，他都做上了记号。只要小工一往上运矿渣砖，他马上就可招呼阿廖什卡：

"拿给我，就放在这儿！还有这里！"

谢尼卡将墙上的冰敲了一遍，舒霍夫则拿起钢丝笤帚，两手紧紧握住它来回地扫冰，把上面一层的矿渣砖扫了一遍，虽然并未完全扫净，但已现出了一道道浅浅的霜纹，尤其是砖缝里。

舒霍夫正在认真扫墙的时候，队长也爬了上来，并把一根简易的木条标尺钉在墙角上。而在舒霍夫和基利季格斯的墙角处早已竖有这种标尺了。

“喂！”帕夫洛在下面喊，“上面怎么啦，有人吗？接灰浆呀！”

舒霍夫简直冒汗了，因为线[1]还没有拉上！他急了，于是决定：水平线不是拉砌一层的，也不是拉砌两层的，而是一下子拉砌3层的。为了减轻谢尼卡的活儿，他还决定帮谢尼卡砌一段外墙，几乎是光让他砌里墙了。

舒霍夫一边在齐眉的高度上拉水平线，一边连比画带说地向谢尼卡解释应该在哪儿砌墙。聋子明白了。他咬着嘴唇，斜着眼睛，朝队长所在的墙那边点点头，意思是说，咱们就加油干是不是？决不会落后！他笑了起来。

---

1 指砌墙的水平线。

这时，有人顺着扶梯抬来灰浆。抬灰浆的人分4对。队长决定不在瓦工身旁放任何盛灰浆的木槽，而是直接把抬箱放在那里，供两个瓦工往墙上摊和砌，不然一倒腾只会使灰浆上冻。这期间，为了不使抬灰浆的人在上面白挨冻，下面就一个劲儿地往上扔矿渣砖。他们抬箱里的灰浆一用完，马上就将抬箱滑下去，下面紧接着就运上来第二批。下面的人把抬箱放到炉子旁边，化开冻结在抬箱壁上的灰浆，这活儿也就根据间隔时间的多少自己定了。

同时抬来了两箱，给基利季格斯墙边送了一箱，给舒霍夫墙边送了一箱。灰浆在严寒中冒着气，可里面只有一点温和气儿。用瓦刀把它啪嗒一声甩到墙上之后，如果你动作稍稍迟缓一些，它就冻结了。这时要敲掉它就得用小锤子了，瓦刀已无济于事。而矿渣砖你一下子没放对，那就会立刻冻上，歪掉，这时只能借助斧背才能把那砖和灰浆一点一点地敲掉。

不过舒霍夫没有出差错。并不是所有的矿渣砖都完全一样。有的缺角，有的破边，或者砖面凸出一块，不过这些舒霍夫都会注意到，他还能一眼看出这块矿渣砖砌哪一面合适，墙上哪个地方正需要它。

舒霍夫用瓦刀挖起雾腾腾的灰浆，往砌砖的地方一甩，而且记住了下面的砖缝在什么地方（要使砖缝对齐上面一块矿渣砖的中线才行）。他甩下的灰浆不多也不少，正好够安放一块矿渣砖。接着，他从砖堆里拿起一块矿渣砖（不过拿的时候得当心，别磨破了手套，那些矿渣砖会磨得很厉害的），再用瓦刀把灰浆抹平，把矿渣砖往那里啪嗒一放！马上对齐，如果不正，则用瓦刀背敲敲，使外墙面与垂直线一致，使砖纵向与横向都保持平直。于是砖也就粘上了，冻住了。

此时，如果矿渣砖下面和两侧砖缝里挤出了灰浆，就得赶快用瓦刀刮下来，将它甩离墙面（否则天暖之后它会流到下面的砖上，而现在你不用担心），接着砌下一块砖，同样先看看那里的砖缝（有时候那里的砖不是完整的，而是破碎的），而后甩上灰浆，为了使砖左边铺得厚些，不能把砖就那么往上一放，而是要自右向左轻轻地推，这样便会把手上的砖与左边那块砖中间多余的灰浆挤出来。一只眼睛瞄瞄是否垂直，再看看是不是平。凝住了，那就再砌下一块！

活儿开始干了。只要我们砌上两层砖，原来出现的缺陷就能补平，此后一切都会顺利。此刻眼睛得看准一点！

舒霍夫加油干着，砌着外墙一直向谢尼卡赶过去。谢尼卡在拐角的地方与队长分了开来，也一路朝舒霍夫这边砌过来。

舒霍夫向运料工使了个眼色——灰浆，快把灰浆搬到我身边！活儿干得如此紧张，简直连擦鼻子的工夫也没有。

跟谢尼卡一会合，就得从同一个抬箱里挖灰浆，没挖几下就要刮底子了。

“来灰浆！”舒霍夫隔着墙大声喊。

“马上就——来——了！”帕夫洛高声应道。

抬来了一箱又一箱灰浆。稀的都用完了，至于粘在箱壁上的灰浆，留着你们去刮掉吧！否则箱壁增厚了，还不是你们自己上来下去地抬着。去吧！下一箱！

舒霍夫和其他瓦工这时都已不再感到寒冷。由于这种快马加鞭的活儿，他们身上开始感到热了，这一热，呢上衣底下，棉袄底下，内外衬衣底下都有点潮了。然而他们还是一刻不停地继续砌下去。一小时以后，他们又一次感到身上发热了，这次的热使身上的汗都要干了。严寒没使他们感到脚冷，这很重要，其他都无所谓，就连不断吹来的微风也未能转移他们砌墙的注意力。唯独克列夫申的两只脚不时地互相敲打几下，这个不幸的人得穿46号的鞋，可是从各种尺码的靴子里给他挑出的那双毡靴，还是有点挤脚。

队长隔不了多大一会儿就喊："来——灰浆！"舒霍夫同样如此："来——灰浆！"谁活儿干得卖劲，谁就可以像队长似的对旁边的人发号施令。舒霍夫不该落在那两个人后头，此时即使是亲兄弟在扶梯上抬灰浆，他也会拼命催的。

午饭后，布伊诺夫斯基先和费丘科夫一起抬灰浆。扶梯又陡又滑，起初布伊诺夫斯基并不怎么上劲，舒霍夫轻声催了催他：

"海军中校，稍微快点儿！海军中校，来矿渣砖！"

海军中校越干越麻利，费丘科夫却越来越疲沓，这狗杂种一边走一边把抬箱弄偏，让灰浆洒出来，这样抬起来轻松些。

舒霍夫往费丘科夫脊背上戳了一下：

"嗽，你这坏种！还当过厂长呢，莫非你要求工人也这么干？"

“队长！”海军中校嚷道，“派别人跟我一起抬吧！我不愿跟这……孬种抬！”

队长重新安排了一下，让费丘科夫从下面往脚手架上扔矿渣砖，而且是这样安排的——能够单独计算出他扔上去的矿渣砖有多少；另派浸礼派教徒阿廖什卡跟海军中校搭伙。阿廖什卡十分文静，谁都可以对他发号施令。

“全力以赴，年轻的水手！”海军中校开导他说，“你瞧，砌得多快！”

阿廖什卡随和地微笑起来：

“要是需要快点，那咱们就快点。随您安排。”

于是他们就到下面去了。

这个温和的人在队里是个宝贝。

队长对下面的什么人喊了起来。原来又有一辆运矿渣砖的汽车驶近了。有时候半年不来一辆，有时候就一辆跟着一辆不断地来。正是干活的时候，却运来矿渣砖。这是头一天。可往后就会停工，你简直毫无办法。

队长还在对下面骂什么，似乎是关于起重机的事。舒霍夫又想了解清楚，又没工夫，因为他正在把砌的墙找平。运料工走近了，他们说：来了一个电工，正在起重机上修理发动机，跟他一起来的还有一位不是犯人的搞电工的工地主任。电工正在找机器的毛病，工地主任在旁边看。

这是规矩：一个干活，一个看。

巴不得马上能把起重机修好，那就既可以用它运矿渣砖，又可以运灰浆。

舒霍夫已经在砌第三层砖了（基利季格斯也开始砌第三层），这时顺着扶梯又上来一个检查员，一个官儿——建筑工程的工长德尔。此人是莫斯科人。据说他在部里供过职。

舒霍夫站得离基利季格斯很近，他让基利季格斯瞧瞧德尔。

“哎哟！”基利季格斯挥了挥手说，“我跟官儿从来不打交道。不过，要是他从扶梯上摔下去了，那你一定要叫我瞧瞧。”

这时，那人正站在瓦工们身后，要看他们操作。这类视察员最使舒霍夫受不了。这头蠢猪爬到工程师的位置上了！可是有一次他示范怎样砌墙，可把舒霍夫笑坏了。依我们看，你只要亲手盖起一幢房子，那你就是工程师了。

捷姆格尼奥沃的人没见过砖瓦房，农舍是木头造的，就连学校也是木头盖的，用的是从禁伐区运来的六俄丈长的木材。劳改营里也是需要瓦工的，于是舒霍夫，瞧，就成了瓦工。谁的手会干两件事情，那他得再干10样活儿。

不过德尔并没有摔下来，他只是绊了一下。他差不多是跑着上去的。

“丘——林！”他喊叫着，眼睛都凸出来了。

而帕夫洛还像先前那样拿着铁锹跟在他身后，顺着扶梯跑了上去。

德尔的呢上衣也是劳改营里的，但是又新又干净。帽子也是顶好的，皮的。也像大家的帽子一样，上面有号码 Б-731。

“什么事！”丘林拿着瓦刀向他走来。队长的帽子歪到一只眼睛上边去了。

似乎是一件不寻常的事。大概无论如何也不能错过去，只好让灰浆在小灰槽里渐渐冻住了。舒霍夫仍在砌墙，一边砌一边听。

“你这是干了什么事？！”德尔叫喊着，唾沫星子飞溅。“这不仅仅是关禁闭的问题！这是刑事案件，丘林！会叫你蹲第三期[1]的！”

只在这时舒霍夫才明白是怎么回事。他瞟了基利季格斯一眼，对方也已经明白了。油毡！德尔瞧见窗户上的油毡了。

舒霍夫一点也不为自己担心，队长不会出卖他。他倒是为队长担心。对我们来说，队长就是父亲，可对他们来说，队长不过是个卒子。就是为了这类事情才让队长在北方接着蹲第二期的。

嘿，队长的脸抽搐得多厉害！他是怎样把瓦刀摔到脚前的！又是怎样朝德尔走去的啊！德尔扭头一看，帕夫洛挥手举起了铁锹。

正需要这铁锹！他没有白白带来这铁锹……

谢尼卡呢，别看他耳聋，也明白了，他双手叉腰，也走了过来。他可是个身强力壮的怪物。

德尔吓慌了神，他直眨巴眼睛，看哪儿可以躲藏。

队长俯身盯着德尔，说话声音很轻，可在这上面施工的地方听得非常清晰：

1　在劳改营里10年为一期，而丘林此时正蹲第二期。

“你们横行霸道的时刻就要完了，害人精。要是你说出一个字，吸血鬼，你的末日也就到了，你记住！”

队长浑身直打战，不停地哆嗦，怎么也抑制不住。

下巴瘦削的帕夫洛一只眼睛直盯着德尔，盯着他不放。

“你们，你们这是干什么，伙计们！”脸色煞白的德尔说着，离开扶梯远一些。

队长没再说什么，他正了正帽子，捡起弯曲的瓦刀朝自己砌的那面墙走去。

帕夫洛也拿着铁锹慢腾腾地下去了。

慢——腾——腾地……

是啊……这就是那些放血的人……杀了3个，可营部还不明底细。

德尔呢，是留在那儿也害怕，下去也害怕。他躲在基利季格斯背后，站在那里。

基利季格斯砌着墙，他像在药房里称药那样，也像个医生似的，一点也不着急。他一直背对着德尔，似乎根本没有见到他。

德尔蹑手蹑脚地走到队长身旁。他的臭架子一下子不翼而飞了。

“丘林,我该对工地主任怎么说呢?”

队长砌着墙,头也没回:

“您就说,原来就是那样。我们来了,还是那样。”

德尔又站了一会儿。他看出眼下人们不会弄死他,于是把两手插在裤袋里,悄悄地走了过去。

“哎,Щ-854,”他嘟嘟囔囔,“你砌墙怎么灰浆铺这么薄呀?”

该找什么人出出气了。舒霍夫砌的墙既不歪斜,对缝也合乎标准,无可挑剔,可是你瞧,德尔又说灰浆薄了。

“请允许我提醒一下,”舒霍夫发音不清地说,带着嘲笑的意味,“要是现在铺厚了,一开春,这个热电站就会整个儿漂起来。”

“你是瓦工,工长对你说话你要听着。”德尔皱起了眉头,鼓起了腮帮子,这是他的习惯。

诚然,有的地方也许是薄了点,不过如果不是在冬天砌墙,而且把人当成人来对待,是可以稍稍加厚一点的。也应该怜惜人啊。任务要完成。既然此人不懂,何必向他解释呢!

这时,德尔一声不响地沿着扶梯往下走去。

“您给我把起重机安排好!”队长从墙边冲着他说,“我们是骡子吗?用手往二层上搬矿渣砖!”

“搬砖会付给你报酬的。”德尔在扶梯上说,不过语气很缓和。

“‘按手推车’算吗?可您把手推车弄来在扶梯上推推看。您得‘按抬箱’算钱!”

“这跟我没关系,我有什么舍不得?‘按抬箱’计算,会计科不会通过。”

“会计科!我这里整个小队都在干,要保证4个瓦工的供料。给我算几个钱哪?”

队长大声嚷嚷,可仍在不停地砌墙。

“来——灰浆!”他朝下面喊。

“来——灰浆!”舒霍夫重复了一声。第三层砖已全部砌平,第四层也已开始砌了。本该给上面一层再拉上线,不过算了,不拉线我们也能砌上这一层。

德尔独自在雪野上走,缩着个脖子。他是要到办公处去烤火。大概他心里很不舒服。要对付像丘林这样的老狼,可得事前好好想一想。要是他跟这样的队长们搞好关系,那他什么事也用不着操心:不要他弯腰干活,口粮标准高,住的又是单间,他还要什么啊？脑子也该想一想。

有人从下边上来了，说是搞电工的工地主任走了，电工也走了，他们无法修好起重机。

那就是说，你还得像骡子那样驮！

舒霍夫见过的工程不知有多少，这种机器不是自己坏了，就是被犯人故意毁坏的。只要把什么玩意儿放进链条里，再一踩闸，圆木拖运机就坏了。这样做只是为了能歇会儿，否则老是让你干个没完，你就挺不起腰来。

“来矿渣砖！来矿渣砖！”队长喊道。他发脾气了，对扔砖的和抬灰浆的小工骂了一顿娘。

“帕夫洛问，还要不要和灰浆。”下边的人在嚷嚷。

“继续和，问什么！”

“和好了的还有半箱！”

“就是说，还要一箱！”

嘿，真像一场混战！正在赶砌第五层砖。刚才砌第一层砖的时候还弯着个腰，可现在快砌到齐胸口那么高了，你瞧瞧！这怎能不砌得快呢，既没有窗也没有门，两堵实墙在拐角的地方彼此衔接，矿渣砖又充分供应。该拉上线才是，不过来不及了。

“82小队交工具去了。”戈普奇克报告说。

队长只是眼睛朝他一闪：

“干自己的活，干瘪鬼！搬砖！”

舒霍夫回头看了一眼。是啊，太阳快要落山了。它带着一片火红向灰蒙蒙的雾霭中落去。可活儿干得正欢——再好不过了。这时候，既然第五层已开始砌了，那就把第五层砌完、弄平。

运料工们像呼哧呼哧喘气的马。海军中校甚至累得脸都发灰了。要知道，这位中校差不多是40岁的人了。

寒冷中温度降低了。胳膊在干活，可手指头在窄小的手套里冻得酸痛。寒气直往左脚的毡靴里钻，舒霍夫不时地跺跺这只脚。

现在砌墙不必弯腰了，可是拿矿渣砖每次都要弯腰，每挖一次灰浆也得弯一次腰。

“伙计们！伙计们！”舒霍夫不让他们闲着，“你们最好把砖给我搬到墙上！搬到墙上吧！”

就连海军中校也愿意这样干，可是力气不足了，他还不适应这种紧张的劳动。而阿廖什卡说：

“好的，伊万·杰尼瑟奇，该搁哪儿您就说。”

这个阿廖什卡，是个有求必应的人，不论求他什么，他都不会拒绝。要是世上所有的人都是如此，那舒霍夫也愿意成为这样的人。既然有人求你，何不相助呢？他们这样是对的。

整个工区和热电站都清晰地听到：钢轨敲响了——收工了！灰浆箱见底了。哎呀，正干得热火朝天呢！……

“来灰浆！来灰浆！”队长喊道。

下边有一箱灰浆是刚刚和的！现在只好砌了，没有别的办法：要是不把灰浆箱刮干净，这个箱子第二天也就完蛋了，灰浆会冻得跟石头一样，用十字镐也抠不出来。

“喂，加把劲，弟兄们！”舒霍夫呼唤了一下。

基利季格斯脸上露出凶狠的样子。他不喜欢全体动员式的紧张工作。他常说，在他们拉脱维亚，所有的人都不慌不忙地干活，而且所有的人都很富。可现在他也得加油干，有什么办法呢！

把灰浆箱装满之后，帕夫洛手拿着一把瓦刀从下面跑上来了。他也砌起墙来。5把瓦刀同时在砌。

现在只要把衔接的地方砌上就行了！舒霍夫先

用一只眼睛估量衔接的地方需要一块什么样的砖，并且把锤子推给阿廖什卡：

“去，给我吹平，砍平！”

又快又好，真是少见。此时，大家都在抢时间赶速度，舒霍夫反倒不赶了，仔细地打量起墙来。他把谢尼卡换到左边，自己到右边去看那个主要的墙角。要是这阵子把墙弄歪了或者把拐角弄偏了，那就完蛋了，明天得费半天工。

“停一下！”他把帕夫洛从砖那儿推开，亲手帮他校正。可是从那里的拐角一看，谢尼卡那儿似乎有点歪了。他奔到谢尼卡那里，调整了两块砖。

海军中校像一匹驯顺的骗马，搬来了抬箱。

“大约还有两箱呢！”他叫道。

海军中校累得快要倒下了，可还在干。集体农庄成立以前，舒霍夫也有过这样一匹骗马。舒霍夫非常爱护它，可是后来到了别人手里马被活活累死了。连马皮也被剥去了。

太阳最上面的边沿也已经落进地平线下了。现在用不着戈普奇克报告也可以看出：不仅各个小队已把工具交了，而且人也像一股巨浪似的向哨所拥去。

（钟声响后，谁也不会马上就出去，没有一个傻瓜愿意到外面去挨冻。大家都坐在烤火间里。不过等队长们商量好了的那一时刻一到，所有的小队便都一拥而出。要不是商定好了，那么这样一群顽固透顶的犯人，会一个比一个坐得久，他们甚至会在烤火间里坐到半夜呢。）

队长也醒悟了过来，看到天色确实不早了。说不定那个管工具的人已经骂他10次了。

"喂，"他大声说，"废料别舍不得扔！运料的！快到下面去，把大灰浆槽子刮干净，刮出来的底子，送到那边的坑里去，用雪盖上，让别人看不出来！而你，帕夫洛，带两个人收集工具，拿去交了。我们把这最后的两箱灰浆用完就收工，我会派戈普奇克把3把瓦刀给你送去的。"

大家都目标明确地干了起来。舒霍夫手头的锤子已被收走，拉线也被解去了。运料工们都跑到下面那和灰浆的大厅里去了，因为在这里已无事可做。只有3个瓦工——基利季格斯、克列夫申和舒霍夫留在上面。队长走来走去，仔细看着砌了多少。他很满意。

“咱们干得挺好嘛,是不是?半天的时间。什么屌起重机也没有。”

舒霍夫看见基利季格斯的灰浆箱里灰浆已所剩无几了。这时舒霍夫担心起来,队长可别在工具房那里为了瓦刀的事而挨骂。

“听着,伙计们,”舒霍夫着急地说,“你们都把瓦刀交给戈普奇克,我的这把不在数,不需要交回去,我会跟他们说清楚的。”

队长笑着说:

“唉,怎么会放你出去呢?少了你,监牢会哭的!”

舒霍夫也笑了。他仍在砌墙。

基利季格斯把瓦刀拿走了。谢尼卡把矿渣砖给舒霍夫搬过来,有的人把基利季格斯灰浆箱里的灰浆刮到舒霍夫的箱子里。

戈普奇克穿过整个旷野向工具房跑去,追赶帕夫洛。104小队独自穿过旷野走去,队长没跟着。队长手中有权,但押送队的权力更大。他们会把迟到的人一一记下来,然后送去关禁闭。

哨所跟前的人多得可怕,都汇集到这里来了。押送队的人似乎也出来了,正在清点人数。

（在出口处，人数要点两遍：一遍是在大门关着的时候，点完了才开大门；另一遍是大门打开的时候，一边点数一边放行。如果觉得人数对不上，那么在大门外还要再点一遍。）

“算了，那灰浆别要了！”队长摆了摆手说，“甩到墙那边去！”

“你走吧，队长！走吧，那边更需要你！”（舒霍夫本来称呼他“安德烈·普罗科菲耶维奇”，可是现在由于自己干的这种活儿，他跟队长平等了。这倒并不是他有意识地去想：“瞧，我跟他平起平坐了”，而只是无意中那么感觉罢了。）队长迈着大步走下了扶梯，舒霍夫在他后面开玩笑说：“唉，真不像话，工作日怎么这么短呢？刚刚求得点活儿干干，可已经要收工了！”

只剩下他和聋子俩人在一起。跟这个人你多说不了话，可也没有必要说什么：他比谁都聪明，不说他也能懂你的意思。

只听见灰浆啪嗒一声！只听见矿渣砖啪嗒一下！把砖缝一挤。校正一下。于是又是一下灰浆，一块砖。一下灰浆，一块砖……

似乎队长也吩咐过，别舍不得灰浆，把它甩过墙去赶快收工。可是舒霍夫这个人就是有点傻乎乎，怎么也改变不了他，他任何东西都很爱惜，什么活儿都认真，不造成一点儿浪费。

一下灰浆！一块砖！一下灰浆！一块砖！

“完啦，去你妈的！”谢尼卡大声说，“快走吧！”

他抓起抬箱顺着扶梯下去了。

而舒霍夫，此时即使押送队把狗放进来撵他，他也要在脚手架的这块小场地上后退一点，瞧瞧墙砌得怎么样。还不错。这时他又跑到墙跟前，紧贴着墙沿向左和向右各看了一次。嘿，眼睛就是水平仪！很直！手还不老啊。

他顺着扶梯跑下去。

谢尼卡从灰浆房里出来，朝着小山冈跑去。

“快点！快点！”他扭过头来喊道。

“你快跑，我马上就来！”舒霍夫挥了挥手。

可他自己却走进灰浆房里去了。不能就那么随便扔掉瓦刀啊。也许他舒霍夫明天不来上工，也许整个小队会被赶到“社会主义小城”去干活，也许半年之内不会再到这儿来了，可你能扔掉这把瓦刀吗？留着就留着吧！

灰浆房里所有的炉火都熄了。晦暗。可怕。可怕倒不是因为晦暗，而是因为大家都走了，在哨所那里会查出少了他一个人，押送队会为此而揍人的。

可他还在东瞅西瞅，终于看到角落里有一块大石头，他掀起那块石头，将瓦刀往底下一塞，接着又盖好了。这就行啦！

现在得赶快追上谢尼卡。而谢尼卡呢，跑了一百来步也就不再跑了。克列夫申从来都愿意跟别人共患难。既然有祸那就同当。

这一高一矮的两个人，此时正齐头并进地往前跑。谢尼卡比舒霍夫高一头半，而且他那脑袋长得可真够大的了。

世上有那么一些无所事事的人，喜欢在运动场上举行友好赛跑。那些懒鬼，要是他们干了一天活，腰还没有伸直，手上戴着湿手套，脚上穿着破毡靴，而且就在这刺骨的严寒里，不妨像他俩这样跑上一阵瞧瞧。

他俩像发狂的狗，跑得筋疲力尽，只听见呼哧呼哧地喘！

喏，队长就在哨所那儿，他能解释清楚的。

瞧,他们直接跑向人群,真是可怕。

几百条嗓子马上都喊了起来:操你妈的,操你爹,操你的嘴,操你的鼻子,操你肋骨条！ 500人冲着你大发雷霆,这还不可怕呀！

但主要是看押送队怎么样。

不,押送队没什么。队长就在那儿,在队伍的最后一行里。这就是说,他已经解释过了,自己把错儿承担了。

伙伴们吼叫而又骂起娘来！吼骂声之大,连谢尼卡也听见了不少,他鼓起了勇气,竭尽全力地叫了一声！这个一辈子都沉默不语的人,嘿,叫得多响！他举起两个拳头,眼看就要扑上去干架。那些人不吭声了。有的人笑了起来。

"哎哟,104小队！他不是你们的一个聋子吗?"有人大声说,"我们就是为了试试看。"

大家都笑了起来。押送兵们也笑了。

"5个人一排站好！"

可是大门没有打开。他们也不相信自己说出的话能起作用。他们让人群离开大门,向后退一退。(人们都像傻瓜似的紧贴着大门,仿佛这样会使大门快点打开。）

“5个人一排站好！第一排！第二排！第三排！……”

每叫到5个人，那5个人就朝前走出几米。

舒霍夫还是气喘吁吁，此时他回头一看，天哪，那殷红的圆月亮已阴郁地爬上了天空。好像是刚刚开始月亏。昨天这个时候，月儿爬得比现在高得多。

一切都很顺利，舒霍夫感到心情愉快，他轻轻碰了碰海军中校的腰，向他提了个问题：

“喂，海军中校，根据你们的科学来说，往后旧月亮会跑到哪里去呢？”

“怎么跑到哪里去？无知！只是看不见罢了！”

舒霍夫摇着头笑：

“既然是看不见了，那你怎么知道它还有没有呢？”

“那么，照你的意思来说，”海军中校十分诧异，“每个月都出来一个新的月亮吗？”

“这有什么好奇怪的呢？人都是每天在生，那么月亮4个礼拜生一个就不行吗？”

“呸！”海军中校啐了一口，“我还从未见过这样一个愚笨的水兵呢。那么旧月亮到底跑到哪儿去了呢?”

“这我正是在问你呀,它到哪儿去了?”舒霍夫咧着嘴笑,露出了牙。

“什么? 到哪儿去了?”

舒霍夫舒了口气讲述道,故意把有的字母的音发得不太准:

“我们家乡都是那么说的:上帝把旧月亮揉碎,使它变成一些星星。”

“多没有文化!”海军中校笑道,“真少见! 这么说,舒霍夫,你信上帝?”

“为什么不信?”舒霍夫十分惊讶,“比如打雷,你还能不信!”

“那么,上帝做这事是为了什么呢?”

“做哪件事?”

“把月亮揉碎,做成星星,这到底是为了什么?”

“唉,这有什么难懂的呢!”舒霍夫耸了耸肩膀,“星星时常往下掉,需要补充嘛。”

“转过身去,妈的……”押送兵吼了起来,“排好!”

快数到他们跟前了。400号以上的第十二个5个一排已经走了过去，他俩——布伊诺夫斯基和舒霍夫在最后。

押送队着急了，他们看着计数的小黑板在嘀嘀咕咕，人不够数！他们又说缺人了。这些狗东西，哪怕会数数也好！

统计的数字是462，可他们说，应该是463。

又把大家从大门那里往后推（犯人们又都紧紧贴向大门），接着又是：

“5个人一排站好！第一排！第二排！”

他们就这样点来点去，可恨的是，现在所浪费的时间已不是公家的，而是自己的。走到劳改营还得经过一片荒野，而在劳改营门口还得一直排在那里，等候搜查！大家都会使劲往前跑，都想赶在别人前头，好先被搜查，而这就意味着可以先钻进营里去。谁先来到营里，谁今天就会像公爵似的有了特权：食堂等着他；他可以头一个去取邮包；头一个去储藏室和小厨房；到文化教育科领信或去检查处交信；去医务所，去理发室，去澡堂，不论去哪儿他都会是头一个。

有时候，押送队也愿意将我们尽快交出去，好快点回到自己的营房里。士兵同样不愿意到处跑，因为事情很多,时间很少。

可是他们清点的数目对不上。

最后几个5人一排放行的时候,舒霍夫仿佛觉得他们最末一排应该是3个人。可是不对,还是2个。

计数的人带着计数牌去见警卫队长。他们在汇报情况。警卫队长大声叫道:

“104小队队长!”

丘林前跨半步答道:

“在这儿。”

“你小队里没有人在热电站留下吗?想一想。”

“没有。”

“想想吧,我会揪掉你的脑袋的!”

“没有,我说的是实话。”

可他却斜着眼睛看帕夫洛——在灰浆房里会不会有谁睡着了呢?

“按各个小队排好!”警卫队长厉声喊道。

大家本来是随便按5个人一排站好的,谁跟谁在一起没关系。可这时候便你推我挤,像开了锅似的。那边在喊:“76小队,到我这里来!”这里在叫:“13小队!过来!”旁边又喊:“32小队!”

104小队是排在最后的，所以在后边集合。这时舒霍夫看到，全小队的人都两手空空，这些糊涂虫，累得连块木片也没有捡。只有两个人手里有那么一小捆。

每天都有这样的把戏：收工的时候，苦役犯们总是捡一些木片、木棍、断板条，用破布条或者烂绳子捆起来带走。第一次搜查是在哨所附近，由工地主任或者工长之中的某个人来管。如果他站在那儿，就会马上命令你把东西统统扔掉（多少钱的东西都通过烟囱化为乌有了，他们倒想用这些木片去弥补）。但是苦役犯们自有打算：要是队里的每一个人都带回哪怕很少的木头棍儿，营房里也会暖和些。否则，上面只给值日员所管的每个炉子5公斤煤末，就根本别想还能取暖。所以大家才这么干：将木头棍儿折断，弄短些，然后塞进自己的呢上衣底下。这样就可以从工地主任的身旁走过去。

在这里的工地上，押送队从来不命令你把柴火扔下，押送队也需要柴火，可他们自己不能带。一来因为他们身穿军服不允许，二来因为他们手中拿着随时准备朝我们射击的冲锋枪。押送队把我们押到劳改营之后，马上就会下达命令，“由某排到某排把柴火扔在这里”。不过，他们是按上帝的方式没收的：既给劳改营的看守们留下一些，也给犯人们自己留下一些，否则犯人们就根本不会再带了。

于是就形成了这样一种情况：每个犯人每天都带点柴火。你不知道什么时候会带到自己那里，什么时候会被没收。

舒霍夫的眼睛正在脚前搜寻，看有没有柴火可以捡起来带回去，此时队长已经点完了数，并且向警卫队长报告：

“104小队的人全在！”

这时，采扎尔离开了管理处的一些人，向自己队的人走来。他烟斗的火星时不时使自己的脸泛起红光，黑胡子上结着霜，他问道：

“喂，舰长，事情怎么样啊？”

暖汉不知冻汉冷。毫无意义的问话——“事情怎么样啊？”

“还能怎么样呢？”舰长耸了耸肩膀，“瞧，活儿倒是干了不少，刚刚直起了腰。”

这就是说，你应该想到给点烟抽抽。

采扎尔给了他一点烟抽。在队里他就跟海军中校一个人算是知己,此外他没有任何人可以谈心。

“32小队缺一个人!是32小队!”大家嚷嚷起来。

32小队的小队副立刻向汽车修理厂那边跑去,跟他一起去找的还有一个小伙子。人群里有人问:是谁?怎么回事?接着就传到舒霍夫耳边:少了一个皮肤黝黑的矮小的摩尔达维亚人。到底是哪个摩尔达维亚人?是不是那个据说当过罗马尼亚间谍的摩尔达维亚人呢?他真的是个间谍吗?

说到间谍,每个小队里都有5个,不过不是真的间谍,而是被打成间谍。根据档案他们被定为间谍,实际上他们只不过是被俘过。舒霍夫就是这样的一个间谍。

可这个摩尔达维亚人倒是个真正的间谍。

警卫队长一看名单,脸色顿时变青了。要知道,要是一个间谍跑了,警卫队长该当何罪呢?

整个人群和舒霍夫都十分恼火。这家伙算是一个什么样的臭尸、坏种、乌龟王八蛋啊?天已经黑了,虽说还有光亮,可那是月光,瞧,星星也出现了,晚上冷得更厉害,可这狗崽子却还没有来!怎么,这混蛋还没有干够吗？从天亮到天黑，官方定的11个钟头的劳动日还短吗？等着吧，审问时会给你加上点的！

使舒霍夫感到奇怪的是，谁在那么专心地干活呢，连收工的钟声也没听见？

舒霍夫完全忘记了，刚才他自己就那么一心一意地在干，甚至还嫌到哨所那儿集合得太早了呢。此刻他跟大伙儿一起挨冻，跟大伙儿一起变得怒不可遏，看来，这个摩尔达维亚人还得让他们再待上半个钟头呢，要是押送队把他交给大伙儿，那么大伙儿就会像狼群撕牛犊那样把他扯得粉碎！

瞧，这时候是怎样愈来愈冷的！没有一个人站着不动：要么在原地跺脚，要么往前走两步，往后退两步。

人们议论纷纷，会不会是摩尔达维亚人跑掉了？喏，白天跑，就是另一回事了，而要是躲了起来，等岗楼上撤下警卫队，那可是妄想。要是铁丝网底下没有留下爬过的痕迹，三天三夜也没在营区里找到，那他们就会三天三夜蹲在岗楼里盯着。要是一个星期没有找到，他们也会守上一个星期。老犯人都知道，这是他们的规定。总之，要是有人逃跑，押送队就得玩命，觉不睡饭不吃地去搜寻和追捕。所以他们常常是大发雷霆，没有一个逃犯不遭枪杀。

采扎尔试图说服海军中校：

“例如，船的缆索上挂着一副夹鼻眼镜，您记得吗？”

“嗯……”海军中校还在抽烟。

“还有，那辆婴儿小推车顺着台阶往下滚呀滚呀。”

“是的……不过影片上所反映的海军生活很虚假。”

“不过您要知道，现代摄影技术把我们都宠坏了……”

“所有的军官都成了坏蛋，无一例外……”

“历史上就是这样！”

“那又是谁让他们去打仗的？……再说肉上的蛆，简直像蚯蚓似的在爬动。难道真的有这么大？”

“可是再小些的东西，用电影的手段是无法表现的！”

“我想，这种肉现在给我们往劳改营里运点来，代替那小烂鱼，也用不着洗和刮，直接往大铁锅里咕咚一倒，那我们就……”

“嗳——嗳——嗳！”犯人们呼喊起来，“嗨——嗨——嗨！”

人们看见从汽车修理厂蹿出3个人影，这就是说，带着那个摩尔达维亚人。

“噢——噢——噢！”大门口的人群起哄了。

等那几个人刚跑得近点，大伙就骂了起来：

“瘟——神！胡闹的——家伙！废物！无耻的母狗！下流坯！臭尸！！”

连舒霍夫也喊了起来：

“瘟——神！”

500个人，每人被剥夺了半个多钟头，难道这是闹着玩的！

那人缩着脑袋跑着，像只小耗子。

“站住！”押送兵喊道，并开始记下号码。“K-460，你上哪儿去啦？”

押送兵走近他，用卡宾枪枪托拨他转过身来。

人群里依然喊声不断：

“混蛋！讨厌的家伙！脏鬼！”

可押送兵刚刚用枪托去拨那个人的时候，其余的人就都静下来了。

摩尔达维亚人一声不吭，低着头，躲着押送队。32小队的队副走上前去说道：

"这混蛋躲着我爬到抹墙的脚手架上去了，可在那儿暖和了一会儿就睡着了。"

说着就朝他胸前给了一拳！接着又朝他肩胛骨上打了一拳！

这样，也就把他从押送兵跟前撵走了。

摩尔达维亚人趔趔趄趄地躲开了，可就在这时，32小队里蹿出来一个马扎尔人[1]，照他屁股上踢了一脚，接着又踢一脚！（总的来说，马扎尔人不喜欢罗马尼亚人[2]。）

这可不是你当间谍那会儿。连混蛋也可以当间谍。间谍的生活既舒服又快活。可你试试在这苦役营里熬上那么10年！

押送兵放下了卡宾枪。

警卫队长则吼叫起来：

"离——开大门！5个人一排——站好！"

1　即匈牙利人。
2　摩尔达维亚曾长期属于罗马尼亚。

瞧，这些狗腿子，又要点数了！现在就是不点数也清楚，干吗还要点？犯人们嚷嚷起来。所有的怒气都从摩尔达维亚人身上转移到押送队身上了。犯人们嚷嚷着，不肯离开大门那儿。

“干什么？”警卫队长吼了起来，“想蹲在雪地上吗？我马上叫你们去蹲。我会叫你们蹲到明天早上！”

这没什么奇怪的，他会让犯人们那么去蹲的。这些事有过不少回了。犯人们甚至还听到过这样的叫嚷：“卧倒！子弹上膛！”这些事都有过，犯人们记忆犹新。于是大家就从大门口不声不响地向后退开一点。

“向——后退！向——后退！”押送队威逼着。

“说真的，你们这些混蛋干吗要紧靠大门？”后边的人对前边的人十分恼火。他们在前面的人的冲击之下也向后退去。

“5个人一排——站好！第一排！第二排！第三排！”

此时月光普照，皎洁清亮，月儿那血红的颜色已经消退，升到半天高了。黄昏也早已过去！……这摩尔达维亚人真该死。这押送队真该死。这生活真该诅咒……

前边已被数过的人，都转过身来，踮着脚想看个究竟：最后一排里是2个人还是3个人。此刻，大家的整个命运都有赖于这一点。

舒霍夫觉得最后一排好像剩的是4个人。他吓呆了：多出一个！又要重新点数！原来是费丘科夫这头老狼想占便宜，等着要海军中校的烟屁股抽，耽搁了时间，没有及时回到自己那一排去，这样也就好像多了一个人。

警卫队副恶狠狠地照费丘科夫脖子上揍了一下。

对了！

最后一排——是3个人。人数相符了，谢天谢地！

“离开大门！”押送队又威逼着。

不过这一次犯人们并没有嘟囔，他们看见大兵们走出哨所，从大门那边将操场围了起来。

这就是说，马上要放行了。

没看见工长们在哪儿，他们不是犯人，也没看见工地主任在哪儿，有些伙伴拿着柴火。

大门打开了。门里靠近圆木围栅那儿又站着警卫队长和检查员：

“第一排！第二排！第三排！……”

要是这一次清点数目相符，岗楼上的哨兵就会撤下来。

从遥远的岗楼顺着警戒区要走多少路啊！只要最后一个犯人被带离警戒区，而且人数相符，那就只剩下打电话通知各岗楼一件事：撤下来！警卫队长如果是个聪明人，马上就走了，因为他知道犯人没地方可跑，从岗楼上撤下来的那些哨兵会押送犯人队伍。可警卫队长如果是个笨蛋，就会担心他的军队对付不了那些犯人，因而亲自坐镇。

今天的警卫队长就是那么一个笨蛋。他等在那儿。

犯人们在严寒中待了一整天，简直冻得要死。收工之后又站在这儿冻了整整一个钟头。但是此刻他们倒不怎么考虑到冷，而感到倒霉的是，晚上的计划落空了！回到营里什么事也办不成啦。

“可您怎么会那么熟悉英国舰队的生活方式呢？”旁边一排里有人问。

“是啊，您要知道，我在英国的一艘巡洋舰上待了差不多一个月，在那上面我有自己的舱房。我一路跟随护航舰队。我在他们那儿是联络官。”

“啊，原来如此！这就是说，让您背25年黑锅的理由已绰绰有余了。”

“不，您知道，我并不抱这种自由主义的批判态度。我充分相信我们的法治。”

（尽管唠叨吧，舒霍夫没有插话，只是心里在想。谢尼卡·克列夫申就因为跟美国人在一起待了两天，结果被判25年，而你在他们的军舰上闲溜达了一个月，想想看，该判你多少年？）

“可就在战后，一个英国海军上将，鬼使神差地给我寄来了一件纪念品，‘旨在表示谢意’。我既惊奇又诅咒！……”

真是荒唐。瞧，这是多么荒唐：光秃秃的荒原，孤零零的警戒区，雪在月光下熠熠闪亮。押送兵已经各就各位，他们相互间隔十步，都端着枪。犯人们黑压压一片，身穿同一种呢上衣的Щ-311就在其中，这个戴了一辈子金色肩章、跟英国海军上将交过朋友的人，而今却在跟费丘科夫一起抬灰浆箱。

人的命运竟是如此变幻无常……

押送队总算准备好了。没来通常那套“祈祷”，直截了当地下令：

“开步走！快点！”

什么快点，他妈的，现在偏不快点！干什么都来不及了，没什么可急的。犯人们用不着商量也都明白：刚才你们不让走，现在我们就拖住你们。你们大概也想快点回去暖和吧……

“大步走！”警卫队长叫道，“大步走，排头的！”

“大步走”，哼，去你的！犯人们耷拉着脑袋从容不迫地走着，就像送殡似的。我们没什么可损失的了。反正是最后回到营里。既然你不愿意把我们当人看待，那你喊破嗓子也没有用。

警卫队长一次又一次地喊“大步走”！最后终于明白了：犯人们决不会快点走。可又不能开枪。因为犯人们都是5人一排，合乎规定地排着队走。警卫队长没有权力驱赶犯人快走。（恰恰因为这样，犯人们早上才能磨磨蹭蹭去上工，保存自己的身子骨。谁跑得快，谁在劳改营里就活不到刑满，会累垮、病倒。）

他们就这样迈着均匀的步子，无所顾忌地走着。脚下的雪轧轧作响。有的人悄声说话，有的人一声不吭。舒霍夫开始回想，从早上起他在营里还有什么事情没有做完？他想起来了——去医务所！瞧，多么奇怪，一干活就把去医务所的事忘得一干二净了。

现在正是医务所接诊的时间。要是不去吃晚饭，也许还来得及。这阵子好像身上不酸疼了。量出的体温也不会高……白去浪费时间！不去看也挺得过去。这些医生只会把人治进棺材里去。

此时，吸引着他的并不是医务所，而是晚饭还会加点什么呢？整个希望都寄托在采扎尔的邮包上，他早就该收到邮包了。

突然间，犯人队伍似乎变了样。队伍骚动了起来，脚步全乱了，猛地都向前凑，响起一片嗡嗡声，一瞧最后几排的犯人，包括舒霍夫在内，都掉队了，他们开始跑起来，想追上前面的人。

他们走了几步，又跑起来。

队尾一到山冈上，舒霍夫就看清楚了：在他们右边，远处的荒原上，又出现了一支黑压压的队伍，并且斜插了过来，想必是看见了我们的队伍，也加快了速度。

这支队伍很可能是机械厂的，约有300人。那就是说，他们也不走运，被什么事儿拖住了。能是什么事儿呢？有时候他们会被活儿拖住，比如说汽车没修好。不过这对他们来说是不值一提的，因为他们一整天都待在暖和的地方。嘿，现在就看谁能赶在谁的前头了！伙伴们加快了脚步，简直就是在跑。押送队也踏着碎步在快跑，唯有警卫队长不时地叫喊：

“不要落下！后面的快跟上！跟上！”

就该敲你的脑门子，你叫唤什么？难道我们没有跟上？

刚才还有人在说什么，有人在想什么，可这时大家把一切都抛诸脑后了，整个队伍只对一件事情感兴趣：

“超过去！赶在他们前面！”

就这样，酸的淡的都混了起来，押送队对犯人来说已不是敌人了，而成了朋友。说到敌人，那是另一支队伍。

大家立刻高兴了起来，敌对情绪也消失了。“快点！快点！”后边的人喊叫着催促前面的人。

我们的队伍终于到了街头，机械厂的队伍却还被一排住房挡着看不见。两支队伍在暗暗地竞赛。这时，我们的队伍走在街道中间，路面平整，行走方便得多。押送队走在队伍的两旁，也不那么磕磕绊绊了。正是在这个地方我们应该把他们甩在后面。

应该把机械厂的人甩在后面的另一个原因是，在劳改营的哨所前，他们被搜查的时间特别长。自从营里发生那次杀人事件以后，上边便认为刀子是机械厂的人做的，是从机械厂传到营里的。所以在劳改营的入口处，对机械厂的人搜查得特别严格。即使是深秋时节，地也上冻了，可搜查的人还是对他们吆喝：

“把鞋脱了，机械厂的！把鞋拿在手上！”

就这样，他们赤着脚被搜查。

哪怕是现在，不管天有多冷，依然会指着犯人就说：

“喂，脱下你右脚上那只靴子！而你——脱下左脚上的那只！”

于是犯人就得脱下毡靴，暂时用单腿跳着，还得把那只毡靴倒过来，连包脚布也要抖一抖，证明没有刀子。

舒霍夫听说（不知是真是假），还是在夏天的时候，机械厂的人把拉排球网的两根柱子搬到了营里，柱子里藏的都是刀子。每根柱子里藏有10把长刀。现在，偶尔在劳改营的什么地方还能发现这种刀子呢。

大家边走边跑，经过新盖的俱乐部，经过居住区和木工厂，一拐弯直奔劳改营的哨所。

“加——油——啊！”队伍异口同声地这样喊着。

大家朝这个几条路的会合点奔走！机械厂的人还在右面150米远的地方，他们落在后面了。

嘿，现在大家已不慌不忙地在走了。队伍里的人都很高兴。真是兔子式的喜悦：瞧吧，连青蛙也怕我们呢。

劳改营就在前面了。早晨大家离开时它是什么样，现在它还是什么样。夜晚，营区密实的栅栏上方一片灯光，哨所前的灯光尤其明亮，进行搜查的那块小小的广场，整个儿被映照得如同白昼。

不过，尚未到达哨所……

“停！”警卫队副喊了一声。他把自动步枪交给一个士兵，就向队伍跟前跑来（不许他们带枪靠近队伍）。“右边的人，谁手里有柴火，统统把柴火扔到右边！”

凡是把柴火公开拿在手里的，他都看得很清楚。一扎、两扎飞出去了，又有一扎飞了出去。有的人想把柴火藏在队伍里面，可旁边的人对他们说：

“会由于你而把别人的也没收！你就乖乖地扔下吧！”

犯人的主要敌人是谁？是另一个犯人。如果犯人之间不相互踹几脚，上边就拿他们毫无办法。

“开步——走！”警卫队副喊道。

于是大家就向哨所走去。

有5条路在哨所前会合，一个钟头以前，所有的人都挤在这几条路上。如果把这几条路修成城市的街道，那么这个哨所和搜查点所处的地方，必定会成为未来城市的主要广场。那时候，游行队伍将在这里会合，就像现在所有的人都从四面八方拥来一样。

看守们已在哨所里烤暖和了。他们走了出来，拦住路口。

“解开呢上衣！解开棉袄！”

他们伸出了手臂，打算仔细搜身。拍拍腰的两侧。总之，跟早上一样。

此时解开衣服并不那么可怕，因为要回家了。

大伙都是这么说的——“回家”。

关于另一个家，一整天连想都没工夫去想。

队伍的排头已经开始搜查了，舒霍夫凑到采扎尔跟前说：

“采扎尔·马尔科维奇！待会儿我从哨所直奔邮包处，去排上队。”

采扎尔朝舒霍夫转过脸来，他那浓密的黑胡子此时末端已变白了：

“干吗，伊万·杰尼瑟奇，何必去排队呢？也许邮包还没有到。”

“没关系，即使没有到，排会儿队对我又能有什么影响？我在那儿等上十来分钟，要是您没来，我就回营房去。”

（舒霍夫心想：即使采扎尔不来，或许别的人也会来，那就把位置让给那人，自己也能捞点好处。）

看来，采扎尔等邮包已等得不耐烦了：

“好吧，伊万·杰尼瑟奇，你跑去排吧。只等10分钟，不必再多。”

这时眼看就要搜查到跟前了。今天，舒霍夫没什么可隐藏的，他毫无顾虑地往前移动。他不慌不忙地解开呢上衣,也把系着帆布腰带的棉袄敞开了。

尽管他把自己今天所带的一件违禁品忘得一干二净,但8年来的监狱生活已使他养成了警惕的习惯。他把手伸进膝盖兜里摸摸,满以为那里是空空的。

可是那儿有一小段锯条啊!这一小截锯条,是由于他爱惜东西今天在工地上捡起来的,根本没打算往劳改营里带。

他本来没打算把它带回来,可现在既已带来了,扔掉又太可惜!它可以磨成一把小刀啊,哪怕磨成一把修鞋或缝补用的小刀也好!

要是他存心要把它带回来,那他一定会好好想想怎样藏起来的。可现在他前边只剩下两排人了,而且其中第一排的5个人已经到前面接受搜查去了。

这就是说,得赶快做出决定:要么趁前头一排人挡着的机会,悄悄把它扔到雪里(虽然能被发现痕迹,但他们弄不清是谁扔的),要么就带在身上!

为了这截锯条会关他10天禁闭的,要是他们认为那是一把小刀的话。

但是一把修鞋的小刀就能挣钱,就能挣面包啊!

扔掉太可惜。

舒霍夫随即将它塞进了棉手套里。

这时，下一排的5个人被叫去搜查了。

只剩下他们最后3个人：谢尼卡、舒霍夫和32小队的那个去追寻摩尔达维亚人的小伙子。

因为他们是3个人，而对面站的却是5个看守，可以灵活选择，究竟朝右边两个看守中的哪一个跟前走。舒霍夫选的不是那个面色绯红的年轻人，而是那个胡子灰白的老头儿。当然，老的富有经验，要是他存心搜查，就会轻而易举地搜出来，不过正因为他上了年纪，这份差事想必比燃烧的硫黄还使他感到讨厌。

这时，舒霍夫脱下了两只手套，一只藏有锯条，另一只是空的，将它们抓在一只手里(空的那只手套伸在前边)，腰带也抓在那只手里，把棉袄完全解开，讨好似的撩起呢上衣和棉袄的下摆(过去搜查时他从未这样殷勤过，而此时他想表示身上什么也没有，尽管搜查好了！)。听到了命令他就朝胡子灰白的老头儿跟前走去。

胡子灰白的看守摸了摸舒霍夫的腰和背，从外面拍了拍他的膝盖兜，什么也没有，两手捏了捏他的呢上衣和棉袄的下摆,同样什么也没有,正是放他走过去的时候,为了准确起见他又伸手去捏舒霍夫伸在前头的那只棉手套,也就是空的那只。

看守攥紧了这只棉手套,舒霍夫的心缩得紧紧的。再那么攥一下另一只手套,那他必定得去蹲禁闭,每天300克面包,第3天才能吃上热食。他立刻想象到,在那里会怎样变得衰弱,怎样挨饿,而且以后也很难恢复到现在这种不饱也不饿但还挺有力气的样子了。

此时他立刻紧张地暗自祈祷起来:"主啊!救救我吧!可别让我蹲禁闭呀!"

这些想法出现在他脑子里的时候,看守刚刚攥过他的头一只手套,正准备去攥另一只,也就是后面那只(要不是舒霍夫把手套放在一只手里,而是分别放在两只手里,那么看守必定会两只手同时去攥)。可就在这时传来了领班的声音,他催促快点放人,并对押送队喊道:

"喂,把机械厂的人带来!"

这个胡子灰白的看守,本来打算攥一下舒霍夫的另一只手套,此时只是把手一挥,意思是说,走吧。就这样,放他过去了。

舒霍夫跑过去追自己的人。他们已经5人一排地排好了队,站在长长的两排酷似集市上拴马桩那样的圆木中间,这些圆木似乎是专为驱赶犯人队伍而竖在那里的。他轻松地跑着,似乎没有感到地面的存在,也没有再做一次祈祷表示感激,因为已经没有时间了,而且也不合时宜。

负责他们这一队的押送兵,此时都退到一旁,为机械厂的押送队让路,并且等候自己的上司。犯人在搜身之前扔下的柴火,都被押送兵捡去了,而搜身时看守们查出来的柴火,都放在哨所旁边堆成一堆。

月亮越爬越高了,明朗的白夜里已浸透了严寒。

押送队的队长在去哨所领取463名犯人收条的时候,对沃尔科沃伊的助手普里亚哈嘀咕了几句,于是普里亚哈喊道:

"K-460!"

躲在犯人队伍里面的那个摩尔达维亚人叹了口气,走到右面的圆木前面。他依然耷拉着脑袋,缩着脖子。

"到这边来!"普里亚哈对他指了指靠近拴马桩的

那个地方。

摩尔达维亚人绕了过去。于是就命令他背着手站在那里。

这就是说，要指控他企图逃跑。无疑是要抓去关禁闭了。

靠近大门的左右两边站着两个哨兵，约有3人高的大门缓缓地打开了，于是传来一声口令：

“5人一排！（这会儿用不着喊“离开大门，往后退一退”，因为所有的大门都是朝里面开的，这样，要是犯人结成一伙从里边推，也不至于把门撞开。）第一排！第二排！第三排！……”

经过晚上这种反复清点之后，犯人们穿过劳改营的大门回来了，他们吹了一天风，又冷又饿。晚饭时那一长柄勺稀稀的热菜汤，对犯人来说，真好比久旱逢甘霖，一口就能喝个精光。对他们来说，此刻这一勺汤，比自由、比过去和未来的全部生活还宝贵。

犯人们像出征归来的战士，迈着整齐而响亮的大步，走进劳改营的大门，随后就靠边走！

望着这些犯人拥进来的情景，劳改营指挥部最凶恶的家伙也感到害怕。

从早晨6点半敲钟上工起，直到这一次清点完人数之后，犯人才算第一次成为“自由”的人。他们穿过劳改营大门，穿过劳改营前面的小门，再穿过两道栅栏中间的直路，也就可以解散了。

犯人们各自散去，可派工员却把队长们叫住：

“各队的队长！到生产计划科去！”

这就意味着，要为明天套上枷锁做准备。

舒霍夫从禁闭室跟前和一排营房中间飞快地跑了过去，直奔领取邮包的地方。而采扎尔却大模大样、从容不迫地朝另一个方向走去，那边柱子周围已经挤满了人，柱子上挂着一块胶合板，板上用变色铅笔写着今天可以领取邮包者的全部名单。

在劳改营里很少往纸上写，多半是写在胶合板上。写在板上似乎更牢固，更可靠。哨兵也好，派工员也好，都在这种板上记下清点的人数。第二天刮掉再写。这叫节约。

留在营区里的犯人，还会用这样的办法捞到点好处：事先去看木牌上写着什么人有邮包，等到在直路上碰上那人，即刻把号码告诉他。这样就能多多少少得到点什么，比如一根香烟。

舒霍夫跑到取邮包的地方，那是营房扩建出来的一间房，这后建的一间房外面又加盖了一个外室。外室没有门，四面冷风乱窜，不过待在里面还是好一点，因为毕竟有个屋顶。

外室里靠着墙根已经弯弯曲曲地排着一队人。舒霍夫排到队伍里，前面大约有15个人，离关门还有一个多小时。从电站回来的队伍里，如果有人去看牌子，他们就都将排在舒霍夫的后面。机械厂的人也都要往后面排。如果轮不到他们取邮包，似乎明天早晨就得再来一趟。

排队的人手里拿着大大小小的口袋。包裹箱是在门后面用斧头撬开的（舒霍夫本人在这个劳改营里还没收到过一次邮包，不过他听说是这样），看守亲自动手检查所有的东西。有的切开，有的掰开，有的用手摸，有的倒出来。遇有盛液体的玻璃罐头或者铁皮罐头，看守就把它们打开倒给你，哪怕你用两手去捧，哪怕你用毛巾去兜，他们也不管。罐头壳是不给的，害怕会出什么事。如果是馅饼、少见的甜食，或者香肠、鱼之类的东西，那么看守必定会先吃。（而你要是胆敢露出不愿意的样子，那他即刻就会纠缠上你，说这样东西是违禁品，那样东西不合法，最后什么也不给，统统没收了。收到邮包的人首先要分给看守，随后还得一层一层地分。）邮包检查完之后，包裹箱还是不给的，你只好把所有的东西放到口袋里，甚至用衣襟兜着，然后就催你走开，叫下一个人。催得那么紧，有时会有人把东西忘在台子上。你甭想为此回去找。人一走东西就没了。

还是在乌斯季-伊日玛的时候，舒霍夫曾经收到过两次邮包。不过他自己写信给妻子说：寄来也是白搭，不必再寄了，不要剥夺孩子们的一份。

尽管舒霍夫走南闯北时养活全家比在这儿养活他一个人要容易些，但他知道寄来的东西的价值，知道10年的时间里怎么也不能向家里伸手。因此最好还是别寄。

然而，他虽然这样决定了，可每逢小队里或者邻近营房里有人收到邮包（就是说，几乎每天）而他没有收到，心里就有点难受。虽然他哪怕在复活节的时候也坚决不让妻子寄东西来，自己也从来不到柱子跟前去看为富裕队员挂出来的木牌，可他有时候不知为什么却在期待，说不定会有人跑来对他说：

“舒霍夫！你为什么不去呀？有你的邮包！”

然而任何人也没有跑来……

使他想起捷姆格尼奥沃村和自己那茅屋的契机愈来愈少了……这里的生活从早到晚折磨着他，连愉快回忆的时间也没有留下。

此刻，周围的人在大嚼荤油，在往面包上抹黄油，在往杯子里加糖，用亲人的期待慰藉自己的心，舒霍夫站在他们之中，却只能怀有一个愿望：赶快去跟自己的小队一起走进饭厅，吃上一份热腾腾的而不是冷冰冰的菜汤。一份冰凉的菜汤连半份热菜汤也顶不上。

他盘算着，如果木牌上没有采扎尔的名字，那么采扎尔早就该回到营房里，在那儿洗脸了。要是他从牌子上见到自己的名字，那他此刻就在找口袋、塑料杯和包袱皮之类的东西。为此舒霍夫答应等他10分钟。

在排队的时候，舒霍夫听到一条消息：本周又没有星期天了，星期天又被赖掉了。他早就是这么预料的，这也是大家意料之中的事，要是一个月里有5个星期天，那就只会给3个，另外两个星期天就赶出去干活儿。虽说他早已料到这样，可是听了以后，心里还是很不舒服，不是个滋味：好不容易盼来了个星期天，谁不心疼！是啊，排队的人说得都对：休息日即使待在营区里，他们也会想出什么名堂来让你难受，要么叫盖澡堂，要么叫砌堵墙挡住通道，要么叫打扫院子。否则就让抖垫子，捉床上的臭虫。要不就故意按卡片点名。或者是大清点，你得把所有的东西都搬到院子里，在那儿坐上半天。

大概，最使他们头痛的事，是犯人吃过早饭就睡觉。

尽管很慢，队伍还算是往前移动了。进来一个理发员、一个会计和一个文化教育科的人，他们队也不排，问也不问就把前头的人推开。这些人可不是普通的犯人，而是劳改营里腰板很硬的家伙，一些头号坏蛋。苦役犯把这些人视为粪土（他们也同样蔑视苦役犯）。可是跟他们争吵毫无益处，这些家伙有他们自己的狐群狗党，还跟看守勾结在一起。

舒霍夫前面还剩大约10个人了，后边又排上了7个，这时采扎尔躬着腰从门洞里进来了，他戴的是从外边寄来的新的皮帽子。（瞧，这顶帽子也有点名堂。

采扎尔买通了什么人，这才准许他戴城里人戴的那种崭新的帽子。而别的人，就连破军帽也给没收了，只发给劳改营里的那种猪皮帽子。）

采扎尔朝舒霍夫笑了笑，即刻跟一个戴眼镜的傻帽儿聊了起来，那人排队时一直在看报：

“啊哈！彼得·米哈雷奇！”

两个人顿时容光焕发，像罂粟花似的。那傻帽儿说：

“我这儿有最新的《晚报》，您瞧！作为印刷品寄来的。”

“是吗？！”于是采扎尔凑过去看那张报纸。可天棚底下的那盏小灯灯光极其昏暗，这么小的字母哪能看得清呢？

“这上面有一篇针对扎瓦茨基首次演出的极其有意思的评论！……”

他俩都是莫斯科人，像两条狗似的从远处就能闻出彼此的气味来。碰到一起，就叨叨咕咕，说个没完，而且越说越快，看谁比谁说得多。他们叽里咕噜说得那么快，说得那么不像俄语，听起来简直跟拉丁语和罗马尼亚语差不了多少。

不过采扎尔已经手拿几个口袋站在队里了。

“这么说……采扎尔·马尔科维奇……”舒霍夫小声说，“我可以走了吧？”

“当然，当然。”采扎尔从报纸上抬起黑胡子，“那我算是站在谁后面？谁接着我？”

舒霍夫告诉他谁排在谁后面，接着没等采扎尔自己提起晚饭的事，他就问：

“那么晚饭要给您带回来吗？”

（这就是说，把饭放在饭盆里从食堂带回营房。本来这是严格禁止的，关于这一点有许多明文规定。一旦被抓住，就会把饭从饭盆里倒到地上，而且还要关禁闭，但尽管如此，还是有人往外带，而且往后还会带，因为有的人有事情，根本来不及跟小队的人一起到食堂去。）

舒霍夫虽然问了要不要带晚饭，心里却想：“莫非你真的要当小气鬼？不把晚饭赏给我？你明知晚饭没有粥，光有稀菜汤！……”

“不用，不用，”采扎尔微微一笑，“你把我的那份吃了吧，伊万·杰尼瑟奇！”

舒霍夫所期待的正是如此！这时，他像一只自由的鸟儿，从外室棚顶下飞出，在劳改营这块天地里飞翔，飞翔！

犯人们来来往往，去哪儿的都有！有一个时期，劳改营当局还发布过这样的命令：在营区里，任何犯人都不得单独行动。即使准许去什么地方，也得整个小队排成单行出发。如果整个小队没有必要都去，比如去医务所或者上厕所，那就四五个人组成一个小组，指定一人为组长，让他把队伍带到要去的地方，然后在那里等着，人齐了再整队回来。

劳改营当局曾一度严格执行这道命令。没有人敢违抗。看守人员抓到单独行动的人，就记下号码，将他拖到禁闭室。然而后来这一命令没有执行下去，像许多骇人的命令一样，也被悄悄地破坏了。比如说，他们自己叫一个人去见指导员，那就不能派全队的人都跟他去！或者，你要去储藏室领自己的东西，而我有什么必要跟着去？有的人想去文化教育科看看报纸，谁还会跟他一起去？这个要去修毡靴，那个要去烘烤间，有的只不过是想从这个营房到那个营房去走一趟（串营房是尤其禁止的！），这些怎能拦得住？

当局想以这样一道命令把最后的一点自由也剥夺掉,但却未能如愿。

在去营房的路上,舒霍夫碰到了看守,他像往常一样,在看守面前抬了抬帽子,接着就跑进营房里去了。营房里吵吵嚷嚷:有一个人的口粮白天被人偷了,大伙在质问值日的,值日的也不甘示弱。而104小队的那个角落却空无一人。

每当犯人们收工回来,舒霍夫发现褥子没被掀过,白天营房里没被搜查过,他就认为这个晚上是令人满意的。

舒霍夫向自己的床铺走去,一边走一边脱呢上衣。他把呢上衣扔到铺上,把有一截锯条的手套也扔到铺上,伸手摸了摸褥子,早晨那一小块面包还在里面呢!他为早上把面包缝在褥子里而感到高兴。

接着,他跑到了外面!去食堂!

他直奔食堂,没有遇见看守。迎面而来的只是一些拖着步子的犯人,一边走一边争论口粮。

在月光的映照下,院子里愈来愈亮。各处的路灯都变得暗淡了,一座座营房投下了阴影。食堂的门口有带四层台阶的门廊,此时那门廊也在阴影里。门廊上方的一盏小灯，在严寒中摇晃着，发出吱吱的声响。小小的灯头，不知是由于寒冷还是由于太脏，闪射出五颜六色的光。

劳改营当局还颁布过一道严格的命令：各小队进食堂时必须排成双行。接下来的命令是：来到食堂跟前时，各小队不得进入门廊，在食堂值日员放他们进入食堂之前，按5人一排站在外面等候。

食堂的值日总是由那个瘸子担任。

这坏蛋虽然腿瘸成了残废，但却非常强壮。他为自己准备了一条桦木拐杖，谁要是胆敢不听他的指挥，他就站在门廊那儿用拐杖乱打。不过，他并不是什么人都敢打。这瘸子，即使是在暗处也能一眼就从背后认出，什么人打不得，什么人会反过来打他耳光。他专打那些好欺侮的。舒霍夫就挨过他一次揍。

“值日员”只是个称号，而实际上相当于公爵！他跟炊事员们有交情！

今天不知是因为各个小队同时拥到，还是因为维持秩序耽误了很久，只见门廊前挤满了人，水泄不通，而瘸子、瘸子的帮手和食堂主任本人，都站在门廊上。看守人员不在，只能由他们自己来维持秩序。

食堂主任是个吃得肥胖的家伙，脑袋像只南瓜，肩膀足有一俄尺宽。他浑身是劲，走起路来简直像脚上安了弹簧，两只胳膊也富有弹性。他头戴一顶白绒皮帽，上面没有号码，干部里谁也没有他这样的帽子。他还穿一件羊羔皮背心，背心的胸口处有一个小小的号码，像一枚邮票，这是对沃尔科沃伊的让步，不过背部却没有这样的号码。食堂主任对谁也不躬腰，所有的犯人都怕他，他一个人手里握着几千人的性命。有一次犯人们想狠狠地揍他一顿，结果所有的炊事员都冲出来保护他，他们都一模一样，满脸横肉。

要是104小队的人已经进去了，那可就糟了，这瘸子认识劳改营里所有犯人的模样，当着食堂主任的面，他会故意刁难，决不会放你跟别的小队一起进去。

有时也有人从瘸子背后的门廊栏杆上偷偷翻过去，舒霍夫也爬过。可是今天，有食堂主任在场，你就很难翻过去，你要是想试试，那非揍得你爬到医务所去不可。

得快点，快点到门廊那边去，混到穿一样的黑色呢上衣的人中间，悄悄问一下，104小队是不是还在这儿。

可这时正赶上各个小队的人都在你推我挤(已无路可走,快要敲熄灯钟了!),真像攻占堡垒——一层,两层,三层,四层台阶,一直拥到门廊上!

"站住,……妈的!"瘸子吼了起来,举起拐杖要打前头的人,"停住!我马上就会把你……砸个稀巴烂!"

"这怎么能怨我们?"前头的人喊道,"是后面的人在推呀!"

后面在推,这是实情,可前头的人并没有用力抵挡,他们也想赶快进食堂。

这时瘸子就把自己的拐杖横在胸前,像铁路上的拦路杆那样挡住,并且拼命朝前头的人扑过去!瘸子的帮手,跑堂儿的,也抓住那根拐杖,就连食堂主任也去抓,不怕脏了自己的手。

他们硬是往前推,力气有的是,吃的是肉,所以犯人很快就被挤退了!前面的人从台阶上仰着往后倒,倒在后面的人身上,后面的人又仰着往后倒……简直像倒下一排排稻草捆似的。

"你这个该死的瘸子……等我揍你的脑门子!……"人群里有人在喊,但即刻躲了起来。其余的人不声不响地被挤倒了，又不声不响地赶快爬起来，免得被踩着。

台阶上空了。食堂主任从门廊上走开了，而瘸子站在顶层台阶上训话：

“5人一排站好，你们这些蠢货，要对你们说多少次？！该放行的时候，我自然会放！”

舒霍夫瞥见紧靠门廊的地方有个脑袋很像谢尼卡·克列夫申，顿时喜出望外，他赶快用胳膊肘开路，想挤到那儿去。他推了推前面一些人的背，可是没有那么大的力气，挤不过去。

“27小队！”瘸子喊道，“进去吧！”

27小队的人跳了出来，沿着台阶匆忙向门口奔去。而后边的人都紧接着往台阶上挤，往前拥。舒霍夫也用力往前推。门廊被挤得直颤动，门廊上的那盏灯也晃得轧轧作响。

“混蛋，怎么又是这样？”瘸子火冒三丈。他连连用拐棍推搡他们的肩膀、脊背，把一些人推到另一些人身上。

台阶上又空了。

舒霍夫从下面看到，帕夫洛出现在瘸子旁边。小队是帕夫洛带来的，丘林不愿在这人群里挤。

“104小队，5人一排马上排好！”帕夫洛在上面喊，“而你们，朋友，让开些！”

什么朋友让开些，给你让个屌！

“喂，大个子，你倒是让我过去呀！我是那个小队的！”舒霍夫摇了摇那个人。

那人本是愿意让舒霍夫过去的，可他自己也被周围的人挤住了。

人群骚动着，挤得透不过气来，只是为了领一份稀菜汤，一份法定的稀菜汤啊。

这时舒霍夫急中生智，他从左边抓住栏杆，接着双手抱住门廊的柱子，于是身子就离开了地面，挂了起来。他的脚碰了别人的膝盖，有人朝他腰上揍了一拳，骂了两句，可他已经钻了过去，一条腿地站在最上一级台阶旁边门廊檐儿的地方，等待着。他的伙伴们看到他，纷纷伸过手去。

食堂主任离开了，走到门口时他又回过头来说：

“好吧，瘸子，再放两个小队进来！”

“104小队！”瘸子大声喊，“而你，混蛋，往哪儿钻？”说着就用拐杖敲一个人的脖子，因为那个人不是这一小队的。

“104小队！”帕夫洛喊着，一面放自己的人进去。

“唉呀！”舒霍夫终于挤进了食堂。他没等帕夫洛吩咐，就搜罗空托盘去了。

食堂里像往常一样，一团团冷气从门口吹进来，桌子周围坐着的人，就像向日葵里的瓜子似的，一个挨着一个。人们在桌子中间挤来挤去，相互碰撞，有的人还端着满满的托盘。然而舒霍夫多少年来已经习惯于这种情况了，他的目光很敏锐，一眼就看到Щ-208端的托盘里总共有5个饭盆儿，这就是说，他端的是他们小队里最后一个托盘了，否则怎么不放满呢？

他追上那人，从背后凑近他的耳朵小声说：

“老弟，我接你的托盘！”

“窗口那儿还有一个人等着呢，我已经答应了……”

“他等还不是傻等，让他也学得聪明点！”

他们谈妥了。

那人把托盘端到自己人的桌前，腾了出来，于是舒霍夫立刻抓住托盘，而在窗口那儿等着的人也跑了过来，抓着托盘的另一头直拽。那人比舒霍夫瘦小。

舒霍夫顺着那人拽的方向就势将托盘一推，对方一下子撞到了柱子上，抓着托盘的手也松开了。舒霍夫夹起托盘就朝打饭的地方奔去。

帕夫洛站在窗口那里排着队，正为没有托盘在犯愁。此时突然兴奋起来：

“伊万·杰尼索维奇！”说着，他推了推身前的27小队的队副：“让开！干站在这里干吗？我有托盘了！”

瞧，戈普奇克这个机灵鬼，也弄到托盘了。

“他们都在那儿傻看呢，”他笑着说，“我可就拖过来了！”

戈普奇克会成为一个精明能干的犯人。再学上那么3年，长长见识，命运至少会让他当个切面包工什么的。

帕夫洛吩咐叶尔莫拉耶夫拿第二个托盘。叶尔莫拉耶夫是个魁梧的西伯利亚人（也是由于被俘过而判了10年）。帕夫洛还派戈普奇克去看看哪张桌子上晚饭快要吃完了。舒霍夫则把托盘的一角搭在打饭的窗口上等着。

“是104小队！”帕夫洛向窗口里面的人报告说。

窗口总共有5个：一般打饭的窗口3个，凭条子打病号饭的窗口一个（大约有10个患溃疡病的病号，加上整个会计科。会计科的人都在这里走后门），还有一个窗口是供归还餐具用的（等着舔饭盆儿的人就在这个窗口打架）。窗口都不高，差不多齐胸口。通过这些窗口，看不见炊事员的脸，而只能看到他们的手和打饭的勺子。

炊事员的那双手，白白的，保养得很好，而且长着细毛，很结实。那简直是拳击手而不是炊事员的手。炊事员拿起铅笔往墙上的单子上画了记号：

“104小队——24份！”

潘捷列耶夫拖着步子走进食堂。这狗杂种什么病也没有。

炊事员拿起一把3升容量的大勺，用它在桶里搅呀搅，搅呀搅（他面前的桶里刚添上菜汤，差不多快满了，直冒热气）。接着，他换了一把可装750克汤的勺子，从汤的面层开始给他们舀。

“一，二，三，四……”

舒霍夫注意到，哪些饭盆里的汤是在稠的东西尚未沉到桶底的时候盛上来的，哪些是空荡荡的，纯粹是稀汤。他往自己的托盘里放了10盆儿，就端走了。戈普奇克从第二排柱子那边向他招手：

“过来，伊万·杰尼瑟奇，到这儿来！”

舒霍夫端着这些汤盆儿，衣袖子都不颤动一下。为了托盘不被人碰着，他平稳地一步一步往前走，嘴里不停地喊着：

“喂，说的就是你，X-920！……当心点，大汉！……闪开点，小伙子！”

在这么拥挤的地方，只端一盆儿汤而不洒出来，就已经不容易了，何况他现在端的是10盆儿。最后他终于把托盘轻轻放到戈普奇克事先占好了的桌子角上，托盘里没有一点新溅上的汤水。他还考虑到，托盘怎么转才能使其中最稠的两份正好对着自己此刻要坐的地方。

叶尔莫拉耶夫也端来了10盆儿。戈普奇克跑过去，没用托盘，跟帕夫洛一起把最后4份端了回来。

基利季格斯还用托盘端来了黑面包。今天是按活儿的轻重分配口粮的——有的得200克，有的得300克，而舒霍夫得到的是400克。他拿起自己的400克，头上的，代采扎尔拿了200克，中间的。

这时，小队的队员们开始从食堂的各个地方向这里挤过来领晚饭，而后就可以找个地方坐下来吃了。舒霍夫一份一份地分发，他要记住给过谁了，还得看住托盘这头自己的一份。他把小勺放到一份稠汤里，这就表明，这一份已经占了。费丘科夫从最先发的几份里端起一盆儿就走了，他心里想，现在待在小队里搞不到什么，不如在食堂里转转，说不定有人会剩下点什么（只要有人吃不完，把饭盆儿往外一推，往往就会同时有好几个人像老鹰似的去抓）。

舒霍夫跟帕夫洛一起点了一下份数，似乎没有错。他递给安德烈·普罗科菲耶维奇一份稠的，帕夫洛把汤倒在一个德国造的带盖的长饭盒里，这样就可以把它放在呢上衣底下，揣在怀里。

托盘交出去了。帕夫洛坐下来，守着自己的两份开始吃了起来，舒霍夫也有自己的两份。这之后他们什么话也不说了，因为那是最神圣的时刻。

舒霍夫摘下了帽子放在膝上，用勺搅了搅这一盆儿，又搅了搅另一盆儿。不错，还看得见一条小鱼。总的来说，晚上的汤总要比早晨的稀得多，因为早晨犯人得吃饱，好让他们干活儿，而晚上反正能睡着，死不了。

他开始吃起来，开头只是喝稀的。几口热汤下肚，全身都暖和了，仿佛整个内心都颤动了起来迎接稀汤。太好了！这就是犯人赖以活下来的那短暂的一瞬。

此刻舒霍夫一无所怨：既不怨刑期太长，又不怨一天的时间太长，也不怨星期日又被取消。此时他想的是：能熬得过去！上帝保佑，能熬得过去，一切都能熬到头！

他把两个饭盆儿里的热汤都喝了之后，便把第二盆儿里的菜底倒进头一个盆儿中，又用勺刮干净。这么一来，似乎可以放心些了，不用再惦着第二个盆儿，也不必再用眼睛或者手去守护它了。

眼睛解放了，于是他朝旁边的饭盆儿瞟了一眼。坐在左边的那个人，守的是一盆儿清汤。唉，这些坏蛋在干什么呀，要知道，犯人都是自己人啊！

于是，舒霍夫开始吃盆底的白菜和剩下的那点汤了。他在这两份汤里，只碰上一块土豆，而且还是在采扎尔那份汤里。一块中等大小的土豆，不消说，是冻的，有点硬，带甜味儿。小鱼却几乎见不到，偶尔闪过一块不带肉的鱼骨头。不过每一块鱼骨和鱼鳍都应当仔细嚼嚼,咂咂里面的骨髓,那东西是很有营养的。这一切,当然得花时间,好在舒霍夫现在并不急于去什么地方,他今天可算是过节了:午饭时吃的是两份,晚饭又是两份。为了这种好事,其他的事情都可以撇在一边。

看来得去拉脱维亚人那里买点烟。到早晨说不定烟就不剩了。

舒霍夫晚饭时没吃面包,两份汤还要再吃面包,那可就太奢侈了,面包可以留着明天吃。肚子是个坏东西,它不会记住过去的好处,到了明天还会跟你要。

舒霍夫只顾吃完自己的那份汤,并没有太去注意周围的人,因为没有这个必要,他不想再弄到点什么,而只是吃自己应得的那份。不过他还是发现他同桌的对面刚刚空出来一个位子,Ю-81这个高高的老头儿就往那儿坐了下来。舒霍夫知道,他是64小队的,在取邮包的地方排队时舒霍夫听说过,64小队今天是顶替104小队到“社会主义小城”去干活的,在那里一整天没地方烤火,拉那些带刺的铁丝网——自己为自己设置禁区。

舒霍夫听说，这个老头儿在劳改营和监狱里蹲过的年头已无法统计，自从苏维埃政权成立以来，没有一道赦免令符合他的情况，一个10年蹲完了，紧接着又对他判刑。

此刻舒霍夫从近处打量他。劳改营里的犯人都是驼背，而他那直挺挺的腰身却显得很突出，他坐在桌子旁边，仿佛凳面上为自己垫了什么东西似的。他那光秃秃的脑袋早就没什么好剃的了，由于生活太好，头发掉了个精光。老头的目光没有去盯食堂里所发生的一切，而是掠过舒霍夫的头顶直愣愣地望着远处。他用一只缺了口的木勺从容不迫地喝着稀汤，可他不像所有其他犯人那样把头俯向饭盆儿，而是把汤勺高高地举到嘴边。他满嘴上下没有一颗牙了，用干瘪的牙床咀嚼着面包。他满面倦容，但不像一个虚弱的残废人，倒像是一块劈砍而成的坚硬的黑石头。从他那又黑又大、满是裂口的双手可以看出，多年来的监狱生活并没有使他变得迟钝。他的内心告诉他永不妥协：他不像大家那样把自己的300克面包随便放在肮脏的桌子上，而是放在一块洗干净的破布上。

不过舒霍夫没有时间去久久地端详他。吃完饭，把勺舔净并塞进靴筒之后，他戴上帽子，站起来，拿起自己和采扎尔的口粮便出去了。出食堂是走另一个门廊，那里也站着两个值日的，他们只知道打开挂钩放人出去，然后再把挂钩挂上。

填饱了肚皮的舒霍夫走了出来，他心满意足，尽管快要熄灯了，还是决定到拉脱维亚人那儿跑一趟。他没把面包送到9号营房，而是迈着大步朝7号营房跑去了。

皎洁的月亮高悬空中，像嵌在天幕上似的。夜空一片清朗。有的地方点缀着几颗亮晶晶的星星。舒霍夫没有时间去欣赏天空了。他只知道一件事：严寒不会消退。有人从干部那里听说后又传了出来：夜里将降到零下30摄氏度，明天清晨接近零下40摄氏度。

可以听见远处村子里拖拉机在轰响，公路那边掘土机发出刺耳的声音。营区里凡是有人走动或跑步，他那双穿着毡靴的脚总会踩出轧轧的声响。

不过没有风。

舒霍夫要去买家制烟叶，以前他曾买过多次，1个卢布一杯，尽管外边买这样一杯要3个卢布，而质量好的还要贵些。在苦役营里，所有的东西都有自己特殊的价格，因为犯人手里不准许留钱，所以很少有人会有钱，钱也就很宝贵。在这所劳改营里干活儿，一分钱也不给（在乌斯季-伊日玛，舒霍夫每月还能领到30卢布）。如果家里人汇了钱来，也不会把那些钱给他的，而只是记到账上。每月可以根据账上的钱在小货摊上买一回肥皂、霉饼干和“普里玛”牌香烟。这种货，不管你喜欢不喜欢，反正你向上边申请了多少就买多少。不买，钱也是丢，到时候他们就会把账上的钱销了。

舒霍夫只能靠干点私活儿弄点钱，用破布做双拖鞋，能赚2个卢布；补一件棉袄，也可以根据商量的结果挣点。

7号营房不像9号那样分成两个很大的半间。7号营房有一个很长的走廊，走廊里有10扇门，每个房间里住一个小队，挤放着7张双层的板铺。一小间放便桶，一小间住营房管理长，还有，几个画家也住一小间。

舒霍夫走进那个拉脱维亚人住的房间。拉脱维亚人躺在下铺，两脚搭在床帮上，跟邻铺的一个人用拉脱维亚语在聊天。

舒霍夫坐到他身旁，问了一声“您好”。那人回答了一声“您好”，没有把脚放下来。房间很小，大家即时屏息倾听，是谁来了，来干什么。这一点他俩心里都明白，因此舒霍夫坐在那里闲聊起来：喏，说说看，过得怎样？嗯，还可以。今天真冷。是啊。

舒霍夫直等到大家又都聊自己的去了（他们在争论朝鲜战争：中国人参加了战争，会不会导致世界大战），才俯身对拉脱维亚人说：

“有家制烟叶吗？”

“有。”

“给我看看。”

拉脱维亚人把搭在床帮上的两只脚放下，坐了起来。这个拉脱维亚人有点吝啬，每次用杯子盛烟叶，都生怕多装了一小撮。

他打开了烟荷包，递给舒霍夫看。

舒霍夫捏了一点点放到手心上，一看正是上一次的那种，棕红色的，切的形状也一样。他贴着鼻子闻了闻，确信就是它。然而对拉脱维亚人却说：

“好像不是那种。”

“是那种！是那种！”拉脱维亚人恼火了，“我从来没有另一种烟叶,向来都是这一种。"

"那好吧,"舒霍夫同意了,"你给我瓷瓷实实地装一杯,我抽抽看,说不定还会再来上一杯。"

他之所以说"瓷瓷实实地",是因为对方总是装得很松。

拉脱维亚人从枕头底下又拿出一只荷包,它比第一只荷包还鼓,接着又从小柜子里找出一只杯子。杯子尽管是塑料的,可是舒霍夫打量着,它跟带棱的普通玻璃杯容量相等。

拉脱维亚人往杯子里倒烟叶。

"你倒是按一按呀,按一按!"舒霍夫说着,用手指去按了按。

"我自己有数!"拉脱维亚人不高兴地把杯子夺过来,自己用手指去按,不过按得很轻。然后他又倒进去一点。

在这同时,舒霍夫解开了棉袄,从衣襟内侧的棉花里触摸到一张小纸。他用双手一点一点地顺着棉花推动那张小纸,一直把它推向一个小窟窿,那小窟窿是用双线缝上了几针的。挪到窟窿旁边之后,他用指甲挑断了缝线,又顺着纸的长度方向将它对折起来

（这纸本来就折成了长条），从洞眼里抽出。这是2个卢布。一张旧票子，不会发出清脆的声响。

而房间里有人在喊：

“那小胡子爸爸[1]会可怜你们！他连自己的亲兄弟都不相信，更不用说你们这些笨蛋了！”

苦役营里有一点可比别处好，那就是在这儿可以自由地“发泄”。在乌斯季-伊日玛，只要你小声说外边买不到火柴，就会让你坐牢，再蹲上10年。在这儿却任你躺在铺上去骂，也不会有人去告密，指导员对此置若罔闻。

只是没工夫在这儿多聊……

“唉，你装得多松啊。”舒霍夫抱怨说。

“喏，给你，给你！”那人又往上面加了一撮。

舒霍夫从里边的口袋里掏出自己的烟荷包，把杯子里的烟叶倒了进去。

“好吧，”他不想在路上抽这第一支好烟，拿定主意说道，“再来上一杯。”

又拌了一会儿嘴之后，他把第二杯烟倒了进去，

1 此处指斯大林。

付了2个卢布,向拉脱维亚人点了点头就出来了。

他一到外边,马上就跑了起来,一直跑回自己的营房。这样,等采扎尔带着邮包回来的时候,就不致错过见到他的机会。

不料采扎尔已经坐在自己的底铺上在摆弄邮包里的东西了。他领回来的东西都摊在床上和小柜子上,只是灯光无法直接照到那里,被舒霍夫的顶铺遮住了,所以那儿有点暗。

舒霍夫弯下腰,走到海军中校与采扎尔的床铺中间,把晚上的那份口粮递过去:

“这是您的面包,采扎尔·马尔科维奇。”

舒霍夫没有说:“喏,领到了吗?”因为这就等于暗示说他排了队,现在有权分到一份。他知道,不暗示也会有他一份。即使干了8年的普通活儿,他也没变成一只贪婪的胡狼,而且愈来愈坚信这一点。

但他怎么也控制不住自己的眼睛。他那双犯人的鹰式的眼睛,迅速地朝床上和小柜上摊着的东西扫了一下,尽管有的纸包没有完全打开,有的小口袋还封着口,舒霍夫凭这快速的一瞥和所闻到的味儿便揣测出采扎尔收到的是香肠、炼乳、大块熏鱼、荤油、香喷喷的面包干、带另外一种香味的饼干、约两公斤方糖，还有好像是黄油，再就是香烟、烟丝，以及其他一些东西。

所有这一切都是在那短短的瞬间就搞清楚了的，舒霍夫便对他说："这是您的面包，采扎尔·马尔科维奇。"

此时，兴奋异常、头发蓬乱、像喝醉了酒一样的采扎尔（每个收到吃食包裹的犯人都会乐成这个样子），朝面包挥了一下手：

"你拿去吧，伊万·杰尼瑟奇！"

一份汤再加上200克面包——这是一整顿的晚饭，为了采扎尔的邮包舒霍夫得到这样一份，当然也知足了。

舒霍夫立即果断地决定，不再期待采扎尔请他吃摊放在那里的什么东西了。惹怒了肚子让它白高兴，是最糟糕的事情。

瞧，400克面包，加上200克，还有藏在褥子里的也不会少于200克。足够了。现在可以吃掉200克，明天早晨还能领到550克，带着400克去上工，真自在啊！而放在褥子里的就让它还放在那儿好了。幸好舒霍夫来得及把它缝上了，否则你瞧，75小队一个小柜里的东西就被偷走了，难道去向最高苏维埃问罪！

有些人这样想：收到邮包的人，口袋都是鼓鼓的，你要扑上去抢！可是仔细一想，他的东西来得容易，去得也快。有时候，他们在接到邮包之前，也情愿为别人效劳而多弄一份粥，甚至等着抽别人的烟屁股。眼下怎能不分点给看守、队长和发邮包的人？要是不给，那么下次你的邮包就会被藏起来，一个礼拜你的名字也不会出现在通知牌上。收到的食品都得交给储藏室管理员，这就是说，明天早晨出工之前采扎尔也得把邮包送去（免得被偷，也免得被查，上边这样命令），要是不给储藏室管理员送点像样的礼，那他就会把东西一点一点地啃去，使你损失得更多。那里成天坐着一个芝麻官儿，关起门来吃别人的东西，不信你去检查！再说，舒霍夫效过劳，能不给他？管澡堂的也得给，为的是让他悄悄扔给你一件像样的衬衣，不管多少，总得给吧？而理发员呢，要让他刮脸时带着纸（就是说用纸擦剃刀，而不是直接擦在你的膝头上），多倒不用多，可三四根香烟总得给吧？为了信件能够单独放置一处，不致丢失，岂不还得分点给文化教育科？要是想偷一天懒，在营里躺躺，那就得送点给医生。至于跟你一起围着小柜子吃饭的邻居，比如海军中校，采扎尔怎么能不给他？要知道，你的任何东西他都心中有数，即使没有良心的人在这种情况下也不会吝啬，一定会给的。

就让人羡慕别人手里的萝卜总是粗的吧，舒霍夫可懂得生活，见了别人的东西从来不眼红。

这时他已脱掉了靴子，爬到上面自己的铺上，从手套里掏出那截锯条，仔细看了看，决定明天去捡一块好石头，把锯条磨成一把修鞋的刀子。一早一晚干上那么4天，就能磨成一把锋利的好刀。

可是现在还得把锯条藏起来，至少要藏到明天早晨。他决定把它藏在床板的横缝里。海军中校暂且不在下面，就是说，碎屑不会落到他脸上。舒霍夫翻起床头沉重的垫子（垫子里装的不是刨花而是锯末），把锯条藏起来。

跟他同是上铺的邻居浸礼派教徒阿廖沙，还有隔着通道那边邻铺上的爱沙尼亚兄弟俩都看见了。不过舒霍夫并不担心这几个人。

费丘科夫呜咽着进了营房。他弯着腰，嘴唇上满是血。这就是说,又是为了饭盆的事情他在那里挨了打。他谁也不看,也不掩藏自己的眼泪,从整个小队的人面前走过去,爬到上铺,把脸埋到垫子里。

仔细想想,他也是真可怜。他不会活到刑期满的。他不善于使自己受到别人的重视。

这时海军中校也进来了,他喜形于色,端回来一饭盒特意沏的茶。营房里倒是搁着两桶茶水,可那算什么茶呀?多少有点热气,略带点色儿,简直像刷锅水,又因为是用木桶盛的,所以散发出一种霉烂木头的味儿。这是给普通犯人备的茶。喏,布伊诺夫斯基是从采扎尔那里弄到一小撮地道的茶叶,放到饭盒里,去了一趟开水房。他心满意足地在下面小柜子旁坐了下来。

"沏茶的时候差点烫了手指头!"他炫耀说。

采扎尔正在下面把纸展开,往纸上放这样那样的东西,舒霍夫把掀起的垫子放好,免得看见了心里难受。可是没有舒霍夫帮忙还是不行。采扎尔直起身来,站在通道上,眼睛正好对着舒霍夫,于是他眨了眨眼:

"杰尼瑟奇!那……'10昼夜'给我!"

这就是说，把那小折刀给他用一下。舒霍夫有一把小折刀，也藏在床板缝里。要是把手指屈着，小折刀还没有它长，可那鬼东西能切五指厚的荤油。那把小折刀也是舒霍夫自己加工、自己磨的。

舒霍夫爬起来，取出折刀递给他。采扎尔点了点头就坐到下边去了。

就凭这把小刀，也该得到报酬。私藏它可是要关禁闭的。只有那没有良心的人才能做得出来：把小刀给我们用用，我们要切香肠，而等着给你吃，则休想。

现在采扎尔又欠了舒霍夫的情。

舒霍夫把面包和刀子的事情处理好之后，紧接着就掏出了烟荷包。他立刻从荷包里捏出一小撮，跟他借的一般多，隔着通道递给爱沙尼亚人，并且道了谢。

爱沙尼亚人咧了咧嘴，似乎是微微一笑，他对身旁的兄弟咕噜了一句什么，他们就把这撮烟叶单独卷成了烟卷，这就是说，他们要尝尝舒霍夫的烟叶味道怎样。

好好尝尝吧，不会比你们的差！舒霍夫自己倒也想尝尝，可是他内心里已感觉到离点名没有多少时间了。现在正是看守们串各个营房的时刻。这时要吸烟就得去过道那里，可是舒霍夫待在上面，在自己的被窝里，似乎还比较暖和。营房里一点热气也没有，棚上还结有霜花。夜里会冻得发抖，而这会儿好像还可以忍受。

舒霍夫做完这一切，就开始一小口一小口地吃那200克面包，与此同时情不自禁地倾听下面海军中校同采扎尔怎样一边喝茶一边聊天。

“吃吧，中校，吃吧，别客气！喏，就拿这小熏鱼好了，还有这香肠。”

“谢谢，我自己来。”

“往面包上抹黄油好了！这是真正的莫斯科长面包！”

“唉呀呀，简直不敢相信，竟然还有地方在烤长面包。您知道吗，突然得到这么多的东西，使我想起一件事情。那是在雅尔塔会议之前，在塞瓦斯托波尔。全城都在闹饥荒，可是得领一个美国海军上将去参观。于是也就特意安排一个商店，里面应有尽有。但是为了不让居民都挤进去，等看到我们已走了半条马路时商店才开门。尽管这样，不到一分钟的时间，人群还是挤满了半个商店。那里面什么都有。‘黄油，’

人们惊奇地喊,‘瞧,黄油! 白面包!’”

尽管在这半边营房里有200条嗓子在吵吵嚷嚷,舒霍夫还是辨别出好像有敲钢轨的声音。别人谁也没有听见。舒霍夫还注意到:看守库尔诺辛斯基走进了营房,他还完全是个嫩小伙子,脸蛋绯红。他手中拿着一张纸,不论从这一点,还是从他的派头,都可以断定他来不是为了抓抽烟的,也不是为了把他们赶出去点名,而是来找什么人的。

库尔诺辛斯基查看了一下单子,问道:

“104小队在哪儿?”

“在这儿。”有人回答他。爱沙尼亚弟兄俩立刻把香烟藏起来,把烟驱散了。

“队长在哪儿?”

“有什么事儿?”丘林从铺上坐起来,两只脚刚刚接触地面。

“叫你们写的说明材料都写好了没有?”

“正在写呢!”丘林确有把握地回答说。

“应该交来了。”

“我这个队里的人,文化水平都低,干这事可不那么容易。(他这是指采扎尔,也是指海军中校。嘿,队长可真行，任何时候都能对付。）没有钢笔，也没有墨水。”

“应该有。”

“都给收走了！”

“喏，等着瞧吧，队长，你要是说个没完，我会让你也蹲禁闭的！”库尔诺辛斯基不带恶意地声称，“明天早晨出工之前要把说明材料交到看守室！还命令把所有未经允许的东西统统交到私人物品储藏室去。明白了吗？”

“明白了。”

（“放过海军中校了！”舒霍夫心想。可是海军中校自己却什么也没听见，他一心在那儿吃香肠。）

“现在嘛，”看守说道，“事关Щ-311，你手下有这个人吗？”

“得查查名单，”队长含混地说，“这些狗才戴的号码，哪能记得住呢？”（队长在拖时间，他想搭救布伊诺夫斯基，哪怕能救他一个晚上也好，只要拖到点名的时刻就行。）

“布伊诺夫斯基在吗？”

“什么？是我！”海军中校在舒霍夫睡铺下面的隐

蔽处应声答道。

不消说,动作快的虱子总是头一个碰到梳子上。

“是你? 嗯,不错,Щ-311。收拾一下吧。”

“上——哪儿去?”

“你自己知道。”

中校只是叹了口气,干咳了一声。应当说,要他黑夜里在波涛汹涌的海上指挥驱逐舰队,也比现在中断投机的谈话去那森冷的禁闭室容易得多。

“去待几天呢?”他压低了声音问道。

“10天。好啦,走吧,快走!”

就在这时,值日的开始喊:

“点名啦! 点名啦! 出来点名!”

这就是说,派来查点人数的那个看守已经来到了营房。

中校回头看了看,要不要带上呢上衣呢? 可是呢上衣到那边也要给剥掉,只许穿棉袄。看来,还是就这样去吧。中校本以为沃尔科沃伊会忘记那件事(而沃尔科沃伊对任何事都从来不忘),所以毫无准备,就连烟叶也没往棉袄里藏一点。拿在手里,等于白搭,搜身的时候即刻会被没收。

不过，趁他戴帽子的时候，采扎尔还是塞给了他两根香烟。

“好吧，再见啦，伙伴们。”海军中校怅然若失地向104小队的人点了点头，跟着看守出去了。

几个嗓音一齐对他喊，有的让他勇敢点，有的叫他打起精神来。能对他说什么呢？禁闭室是104小队自己盖的，都知道那里的墙是石砌的，地板是水泥的，根本没有窗户，生一个小炉子，只是为了化掉墙上的冰，地板上到处是水洼。睡觉就躺在光板子上，冻得牙齿直打架。面包每天只给300克，逢3、6、9日才有汤。

10天10夜！要是在这个禁闭室里把10天10夜一丝不苟地蹲到底，这也就意味着一辈子的健康算完了。你会害上结核病，不用打算从医院里爬出来。

要是有人蹲上15天，那就得长眠地下了。

能待在营房里，真算是万幸，可不能落到那地方去。

“行啦，我数到三，都出来！”营房管理长喊道，“要是我数到三还有人没出来，我就记下他的号码，交给看守！”

营房管理长也是个大坏蛋。你能说什么呢，整夜把他跟我们关在同一个营房里，可他却摆出官架子，什么人也不怕。相反，大伙儿都怕他。有的人被他出卖给看守，有的挨他耳光。他算是个残废，因为作战时打掉了一个手指头，满脸凶相，像个刑事犯。他的确是个刑事犯，按刑事条款判过罪，不过在那些条款之外，又加上了第58条第14款，因此进了这个劳改营。

他可以把事情当成儿戏，马上往纸上一写，交给看守，于是就会判你两天禁闭。人们拖着步子慢慢往门口走去，门口人越来越多，很挤，有的人像狗熊似的从上层板铺跳下来，朝狭窄的门口拥去。

舒霍夫手里拿着一根已经卷好并早就想抽的烟卷，灵巧地跳下来，把两脚伸进毡靴，已经打算走了，可又可怜起采扎尔来。他并不是想再从采扎尔那里得到点什么报酬，而是由衷地可怜他，采扎尔恐怕是为自己考虑很多，可对生活却毫无经验。收到邮包以后，他不该一个劲儿地摆弄，而应尽快在点名之前送到储藏室去。吃嘛，可以往后拖一拖。眼下采扎尔怎么处理这邮包呢？随身带着大包小包去参加点名，简直是大笑话！ 500条嗓子会齐声哄笑的。留在营房里也不是时候，点名之后谁先跑回营房，谁就会抢去的。(在乌斯季–伊日玛那里还有这样的规矩：下工回来的时候，盗贼总是走在前头，等到后边的人进来时，他们的小柜子早被掏空了。)

舒霍夫只见采扎尔手足无措，急得团团转，可是已经太迟了。他把香肠和荤油揣在怀里，心想点名的时候把这些东西带在身上，哪怕只把它们保全下来也好。

舒霍夫可怜他，教他说：

"你坐着，采扎尔·马尔科维奇，等到最后一个，你就躲到那暗处，一定等到最后一个。等看守和值日要检查每个床铺，查看每个窟窿的时候，你再出来。就说你生病了！而我，头一个跑出去，头一个跑回来。就这样好了……"

说罢他跑了过去。

舒霍夫使劲抢先挤了过去(他把卷好了的一支烟卷握在拳头里)。在营房公用的过道里和前厅里，谁也不朝前挤，这些狡猾的野种，都左边两行、右边两行地紧靠墙根站着，中间只留一道可容一个人通过的空当儿，意思是：让傻瓜跑出去挨冻好了，我们可就在这里待会儿。其实，一整天都在冰天雪地里，这会儿再多待10分钟就会冻死吗？都说没有这样的傻瓜。你今天去死好了，我可要等到明天！

平时舒霍夫也是那样靠着墙根。可这会儿他却迈着大步往外走，还咧着嘴笑别人：

“糊涂蛋，怎么吓成了这个样子？西伯利亚的严寒难道没见过？到外面‘狼日头’底下去暖和暖和吧！来，借个火，大叔！”

他在前厅里对上火抽着了烟，就到门廊上去了。在舒霍夫的家乡，人们开玩笑地把月亮叫作“狼日头”。

月亮已爬得很高！再爬那么一段，就到头顶上了。白色的天空，微微泛着绿光，星星疏疏落落但却很明亮。白雪熠熠闪亮，营房的墙壁是白的，路灯对它起不了什么作用。

瞧，那边营房前也是黑压压的人群，是出来整队的。别的营房跟前也是如此。各个营房前面的说话声还没有雪地的轧轧声来得响。

下了台阶以后，有5个人面对着门站成了一排，他们后面还有3排。舒霍夫站在第2排里。嚼完了面包，还可以站在那里叼会儿烟卷。烟叶不错，拉脱维亚人没骗他，这烟叶既有劲儿，又有香味。

还有人从门里缓缓走出来，舒霍夫背后又站了两三排人。此时在外面的人便气愤地指责：这些家伙干吗挤在过道里不出来，倒让别人为他们挨冻。

犯人之中从来没有人看钟表，再说钟表对他们有什么用呢？犯人只需知道：是不是快到起床的时候了？离出工还有多少时间？离吃午饭和离熄灯还有多少时间？

总是说晚点名在9点钟。可10点钟以前从未点完过，有时要反复点上两三次。10点以前甭想睡觉。而早晨5点就催着起床了。难怪那个摩尔达维亚人今天在收工之前睡着了。犯人一到有火烤的地方，即刻就会睡着。要是礼拜天不被赶出去干活，他们就会把一周来缺的觉都补足，整座整座营房的犯人都是横七竖八地躺在那里睡觉。

唉，又都开始拥了！犯人们从门廊里往外拥！这是因为营房管理长和看守在后面吆喝着驱赶他们！这些畜生！

“怎么啦?”前几排人冲着他们喊,“你们又在要花招是吗,坏蛋?要在大粪上刮奶油吗?要是早点出来,岂不早就点完了。”

整个营房的人都挤到外面来。营房里400人,也就是说有80排。所有的人都往后边排,起初5个人一排很严格,后来就乱了套了。

“后面的人,排好!”营房管理长站在台阶上喊道。

见你妈的鬼,甭想排好!

采扎尔缩着脖子从门里走出来,装作有病的样子,他的后面跟着那半边营房的两个值日和这半边营房的两个值日,还有一个瘸子。他们5个人排在前头,作为第一排,因此舒霍夫便属于第三排了。采扎尔则被赶到排尾去。

这时看守来到门廊上。

“5人一排,排好!”他朝队尾喊道,嗓门很响亮。

“5人一排,排好!”营房管理长也吼叫起来,嗓门更响。

去你妈的,甭想排好。

营房管理长从门廊上冲了下来,又是骂娘,又是推搡!

可他也是看人的，专揍老实人。

队伍排好了。他回到门廊上，然后跟看守一起点数：

“第一排！第二排！第三排！……”

喊到哪一排，哪一排的5个人就飞快地奔进营房。到此，今天跟上面要打的交道就算是结束了！

要是不来第二次点名，那就算没事了。这些大脑门、白吃饭的家伙，还不如一个放牛娃会识数：放牛娃尽管没文化，可他在赶牛群的同时，就知道牛犊是不是都在。而这些人倒是受过训练，可没有头脑。

去年冬天，这个劳改营里根本没有烘烤间，晚上大家的靴子都放在营房里了，却还两次、三次、四次地把大伙儿赶到外面去点名。有的人没穿衣服，就那么裹着被子出去。今年盖起了烘烤间，可是不够大伙儿用，每个小队只能隔两天，到第三天才能轮到机会烘烤毡靴。此刻，各个营房已开始第二次点名了，犯人们从营房这半边被赶到那半边。

舒霍夫虽然不是头一个跑进营房，但他的眼睛却始终盯着头一个人。他跑到采扎尔床边，坐了下来，随后他脱掉毡靴，爬到紧靠炉子的那张板铺上，从那里把自己的毡靴搁到炉台上。这地方，谁来得早谁就占上。接着他又回到采扎尔的床边。他盘腿而坐，一只眼睛盯着床头下边采扎尔的袋子以防被人拖走，另一只眼睛盯着自己的靴子以防被抢占地方的人从炉台上推下去。

"喂！"他不得不喊一声，"你！红发鬼！要我用靴子打你的嘴巴吗？你自己的放上，别人的不要动！"

犯人们络绎不绝地走进营房。20小队里有人在催：

"把靴子交来！"

此时就会放他们出去送毡靴，随即把营房锁上。可过一会儿他们就会跑回来央求：

"长官！放我们进营房吧！"

看守们都到指挥部碰头儿，按小木牌查对，看有没有人逃跑，还是全在。

舒霍夫今天跟这样的事毫不相干。这时采扎尔从板铺中间钻回自己的地方。

"谢谢你，伊万·杰尼瑟奇！"

舒霍夫点了点头，像松鼠一样迅速爬到顶铺上。可以吃那200克面包，还可以再抽上一支烟，可以睡觉了。

只是舒霍夫觉得这一天过得顺利，心里很高兴，连觉似乎也不想睡了。

对舒霍夫来说，铺床是很简单的事情：把一床黑不溜秋的被子从垫子上掀起来，躺到垫子上（从1941年离开家，舒霍夫大概就没再睡过床单，他甚至感到奇怪，娘儿们干吗要围着床单转，洗也是多此一举），头枕在刨花枕头上，两脚裹上棉袄，被子上面再盖上呢上衣，于是也就——

"感谢你，上帝，又是一天过去了！"

感谢你，让我没睡在禁闭室里，这里嘛，还算可以。

舒霍夫头朝窗口躺着，阿廖什卡躺在旁边的铺上，与舒霍夫只隔一道床板，他躺在另一头，为的是离灯光近些。他又在读《福音书》了。

他们离灯不是很远，可以看书，甚至可以缝补点什么。

阿廖什卡听见舒霍夫出声地赞美起上帝，于是转过脸来。

"伊万·杰尼索维奇，看来您的灵魂要您向上帝祈祷呢。您为什么不把自己的心愿说出来呢,嗯?”

舒霍夫瞥了阿廖什卡一眼。他的眼睛像两道烛火,微微放光。他叹了口气。

“阿廖什卡,因为那些个祈祷跟申请书是一样的,不是递不到,就是遭拒绝。”

营指挥部门前有那么4只锁着的小箱子,每月由专门负责的人打开一次。不少人往那些小箱子里投申请书。他们等待着,计算着时间:瞧吧,过两个月,瞧吧,再过一个月,就会有答复。

可是答复总也没有。要么就是:“不同意”。

“伊万·杰尼瑟奇,怪不得您很少祈祷,不好好祈祷,不虔诚,怪不得您的祈祷不灵验。祈祷可不能三天打鱼两天晒网!只要您心诚,即使您对一座大山说一声‘走开!’,它也会走开的。”

舒霍夫冷冷一笑,又卷了一支烟。他从爱沙尼亚人那里借火抽了起来。

“得了吧,阿廖什卡,别瞎扯了。我从未见过山会走路。唉,说什么呢,我连山都没有见过。可你们,高加索所有的浸礼派教徒都一起祈祷,可有一座山挪动过吗?”

也是些苦命人啊！他们祈祷上帝又碍了谁呢？一律判了25年。现在正是这样：一判就是25年。

“我们可不祈祷这个，杰尼瑟奇。”阿廖什卡安慰他说。他拿着《福音书》爬近舒霍夫，几乎是脸贴着脸。“对于短暂的人生尘世，只祈求上天赐给我们必需的面包：‘赐给我们今天必需的面包吧！’”

“这意思是说，赐给口粮？”舒霍夫问。

而阿廖什卡没有回答，他用眼神恳求对方允许他再讲下去，并且握过他的一只手，抚摩着：

“伊万·杰尼瑟奇！祈祷不是为了让别人寄邮包来，或者多得一份菜汤。对人来说高贵的东西，在上帝面前便显得渺小！应该祈祷精神上的东西，让上帝把我们心灵上的可怕积怨消除……”

“你最好还是听我说。在我们波洛缅教堂有一个神甫……”

“关于你那神甫的事，不必说了！”阿廖什卡央求他，他很伤心，以至于额头都皱紧了。

“不，你还是听一听吧。”舒霍夫用胳膊肘支起了身子，“在我们波洛缅教区，没有比神甫更阔气的人了。比如说吧，帮人盖房顶，向旁人收钱是35卢布一天，而神甫是100卢布。他连叫都不叫一声。他虽然是波洛缅的神甫，可在3个城市里养活着3个婆娘，自己跟第4个住在一起。对省里的主教，我们的神甫就行贿，使他上钩。所以，不管派来多少别的神甫，一概被他排斥，他跟谁也不愿共事……”

“你为什么对我谈起神甫呢？东正教教会已经脱离了基本信条。不会让他们坐牢，要么只判5年，因为他们的信仰不怎么坚定。”

舒霍夫一边抽烟，一边平静地望着阿廖什卡那焦急的样子。

“阿廖沙，”舒霍夫向浸礼派教徒的脸上喷出一口烟之后，推开了他的手，“你要知道，我并不反对上帝。我倒是愿意相信上帝，不过我不信什么天堂和地狱。你们为什么把我们都当成傻瓜，用天堂和地狱来糊弄我们？我就是不喜欢你们这样。”

舒霍夫又仰面躺下，小心翼翼地把烟灰弹到板铺和窗户之间的空当处，免得烧坏海军中校的东西。他陷入了沉思，没有去听阿廖什卡在那儿嘀咕什么。

“总之，”他做出结论，“不管你祈祷多少次，刑期都不会减。你还是得从头蹲到底。”

“这个倒是不应该祈祷！”阿廖什卡大为吃惊，“你要自由干吗？等你自由了的时候你那最后的一点信仰也会由于种种障碍而消失的！你要为你待在监狱里而感到高兴！在这里你会有充分的时间思考灵魂！你瞧，圣保罗是怎么说的：‘你们为什么这样痛哭，使我心碎呢？为了主耶稣，我不仅愿意被囚禁，就是死也心甘情愿！’”

舒霍夫望着天棚，默默不语。此时连他自己也不知道，他是不是还想要自由。起初啊，倒是非常想，每天晚上都要算一算刑期过了多少天，还剩下多少天。可是后来就厌烦了。再后来便逐渐明白，像他这种人是不会被释放回家的，只会被流放。至于他在哪儿会过得自在些，是在这儿还是在那儿，这就不得而知了。

他想要祈求上帝的，只是让他回家。

可是又不会放他回家……

阿廖什卡说的不是瞎话，从他的声音和眼神来看，他对蹲监狱还挺高兴的。

“你看，阿廖什卡，”舒霍夫向他解释，“你的情况似乎还合情合理：基督吩咐你坐牢，你也就为基督坐牢。可我坐牢是为什么呢？就因为1941年的时候大家对爆发战争没有准备，就因为这一点？可这跟我有什么关系？”

“怎么不来第二次点名了……”基利季格斯在自己的铺上嘟囔。

“是啊！”舒霍夫应声道，“免了第二次点名，真是不敢相信。”说着便打了个哈欠。“大概可以睡了。”

就在这时，渐渐沉静下来的营房里突然传来外面大门上门闩的响声。两个去送毡靴的人从过道里跑进来喊道：

“第二次点名了！”

此时看守就跟在他们身后，喊道：

“到那半边去！”

可有些人已经睡了！他们嘟嘟囔囔，爬起身来，把脚伸进毡靴里（很少有人穿衬裤睡，都那么穿着棉裤睡，否则躺在被子底下非冻僵了不可）。

“呸，该死的！”舒霍夫骂了一句。不过他并不太生气，因为他还没有入睡。

采扎尔把手伸到上面，塞给他两块饼干、两块方糖和一截圆滚滚的香肠。

“谢谢，采扎尔·马尔科维奇。”舒霍夫探下身子说，“为了保险起见，把您那个口袋递上来，我把它藏在枕头底下。（放在上面不易被人顺手偷走，况且谁还会到舒霍夫那里去翻东西？）”

采扎尔把自己的那只扎着口的白口袋递上去，交给了舒霍夫。舒霍夫把它放到垫子底下，并且在那儿等着，等赶过去的人多一些再下来，这样光着脚在过道里可以少站会儿。但是看守却张着大嘴直喊：

“是谁在那儿？谁在那个角落里？”

于是舒霍夫赤着脚轻轻跳到地上（他的毡靴和包脚布还是那么好好地摆在炉台上，他舍不得把它们取下来！）。他做了多少双布鞋啊，可都是给别人做的，自己一双也没有留。再说，他已经习惯了，点名的事也不会占很长时间。

白天要是搜出谁有布鞋，也是要没收的。

那些把毡靴交出去烘烤的小队，此刻谁有布鞋穿就好了，否则就只能裹着包脚布或者赤着脚出去。

“快点！快点！”看守吼道。

“你们这些混蛋，想挨敲吗？”营房管理长紧跟着喊。

大伙儿都挤到营房的那半边，后面的人则挤在过道里。舒霍夫此时站在靠近马桶间的墙根底下。脚下湿漉漉的，从门厅里贴着地面吹进来一阵阵寒气。

大伙儿都被赶了出来，看守和营房管理长又去检查了一遍，看有没有人躲了起来，有没有人在暗处睡觉。因为点得不够数，要倒霉，点的人数多了，也要倒霉，都得重新点。他们查看了一遍又一遍，最后回到门口。

第一个，第二个，第三个，第四个……这会儿一个个放得很快。舒霍夫挤到第18名上。他急忙跑向自己的板铺，一只脚蹬着床帮子，一翻身就上去了。

好了。两只脚又伸到棉袄的一只袖子里，上面盖着被子，被子上面盖着呢上衣，现在可以睡了！这会儿轮到那半边营房的犯人到我们这半边来了，这跟我们没什么关系。

采扎尔回来了。舒霍夫把口袋递给了他。

阿廖什卡回来了。他可真是无能，对谁都讨好，可就弄不到东西。

“给你，阿廖什卡！”舒霍夫给了他一块饼干。

阿廖什卡微微一笑。

“谢谢！可您自己也没有呀！”

“吃,吃吧！”

我们是没有,可我们总能弄到一点。

舒霍夫把一小块香肠放进嘴里！用牙齿嚼！是的,用牙齿！一股肉的香味！肉汁也是道道地地的。这东西进到肚子里去了。

这一来香肠就没了。

其余的东西,舒霍夫盘算着,在出工前吃掉。

于是他用薄薄的、从未拆洗过的被子把头蒙上,不再去注意挤在板铺之间、等着查房的那半边营房的犯人了。

心满意足的舒霍夫渐渐进入梦乡。这一天他碰上了许多顺心的事：没有被关禁闭,他们小队没有被赶到“社会主义小城”去干活,午饭时多得了一份粥,队长把百分比结算得很好,砌墙时很愉快,带回来的那截锯条搜身时也没被搜出来,晚上从采扎尔那里挣到点东西,还去买了烟叶。而且也没有病倒,熬了过来。

一天过去了,没遇上什么扫兴的事,简直可以说是幸福的了。

在他的刑期内,从头到尾,这样的日子要有3 653天。因为闰年,所以格外还得加上3天……

1959年